UNE ÉTRANGE PEINE

Née en 1934, Nadine Trintignant est réalisatrice et écrivain. Elle est l'auteur de plusieurs romans et récits dont *Ma fille, Marie*, *Les Silencieuses* et *La Dormeuse*. Elle a également publié un recueil de nouvelles en 2007 : *Une étrange peine*.

NADINE TRINTIGNANT

Une étrange peine

NOUVELLES

FAYARD

© Librairie Arthème Fayard, 2007.
ISBN : 978-2-253-12589-1 – 1re publication LGF

La dernière page

Je sais que ce soir tu liras cette page qui sera la dernière de mon journal.

Un jour, tu l'as replacé dans le tiroir où je range ma lingerie, sans prendre garde à la petite boîte ocre que j'avais laissée dessus exprès.

C'est ainsi que j'ai eu confirmation que tu connaissais mes pensées les plus secrètes depuis un certain temps. J'ai songé un moment à changer de cachette ou à cesser d'écrire, mais ç'aurait été avouer que je savais que tu m'avais lue.

Si jamais je ne t'avais dit que je connaissais tes trahisons, c'est que, tant que je ne te disais rien, elles n'avaient pas de réalité.

J'ai décidé de poursuivre sans rien changer à la vérité.

Pour voir, peut-être.

Aller au bout de nous deux.

Tu as lu mes chagrins sans rien changer à tes propres habitudes.

Tu as appris un jour qu'à mon tour je te trompais.

J'ai eu le même amant durant des années, au contraire de toi qui multipliais les aventures. Du jour où tu as su, tu l'as regardé avec un curieux sourire.

Tu as appris que j'étais enceinte sans savoir qui était le père, et le jour où j'ai eu rendez-vous pour avorter, tu m'as regardée partir sans un mot.

Quand je suis revenue et me suis couchée, prétextant une fatigue passagère, tu m'as fait servir un plateau.

Ton silence m'a fait mesurer à quel point nous étions devenus deux étrangers l'un pour l'autre.

Ce qui semblait relever de ton élégance t'éloignait de moi plus que tout.

Tu as lu un jour que je songeais à te quitter.

Tu m'as aussitôt emmenée en voyage. Tu m'as fait la cour et l'amour comme si nous venions de nous rencontrer. Bref, tu m'as séduite à nouveau.

Tu l'as su aussi à la lecture de mon journal.

Mais l'infidélité t'est indispensable et j'ai compris hier que tu avais repris tes habitudes.

Tu ne t'étonneras donc point de ne pas me trouver ce soir à la maison.

Je m'en vais seule. Je n'ai pas envie de partager à nouveau ma vie avec un homme.

Je suis désormais persuadée que, puisqu'on naît et meurt seul, entre ces deux moments autant le demeurer.

Ma mère m'a laissé de l'argent. Je vais dans une ville que je ne connais pas encore, et songe à reprendre mon travail de couturière.

Je laisse mon journal près de ton couvert.

Je ne sais trop quoi te souhaiter.

Je te connais si peu.

Cadeau de rupture

À la troisième sonnerie, Lucas décrocha le combiné en s'excusant, d'une mimique à son frère, de devoir interrompre leur conversation.

— Lucas ? Je ne te réveille pas, quand même !

— Un peu.

— Il est tôt, tu sais. La nuit commence à peine.

— Un coup de pompe.

— J'arrive.

— J'allais sortir.

Il sentit l'hostilité du silence qui suivit son manque de courtoisie.

— Tu dormais à moitié, et tu allais sortir ?

Le doute, qu'il perçut dans la voix de sa belle maîtresse, lui procura fugacement une inavouable satisfaction.

— Eh bien oui, que veux-tu ! Une obligation.

Son frère, qui fumait, assis sur le rebord de la fenêtre, lui fit signe et murmura :

— Je me tire, si tu veux ?

Lucas lui fit signe que non. Surtout pas ! Ils passaient une bonne soirée à évoquer leurs vacances de collégiens, jadis, dans le domaine familial, en Touraine. Il n'y avait aucune raison de l'interrompre. Sa très belle amie commençait à le lasser : trop passionnée.

Une bêtise de croire qu'avec une femme mariée il aurait en même temps plaisir et tranquillité. Les femmes et la paix étaient décidément incompatibles.

— Alors, je viens ou je ne viens pas ?

Il éprouva un plaisir coupable à percevoir le tremblé dans la voix de la femme. Et répondit méchamment :

— Tu ne viens pas. Je dors.

— Je croyais que tu étais obligé de sortir ?

— Tant pis. On m'attendra. J'inventerai un prétexte.

— Pour ça, tu n'es jamais en reste.

Rosse, tout de même. Et pas sotte. Il sourit :

— Ça veut dire quoi, ça ?

— Rien... Écoute, si tu tiens à dormir, on dormira tous les deux.

Tu parles ! pensa-t-il.

— Tu sais bien que je ne peux dormir que seul.

Elle aurait dû raccrocher mais plus il était odieux, plus elle le désirait. C'était comme ça. Plus tard, elle se poserait des questions sur sa manière d'être avec cet homme-là. Pour l'heure, elle n'avait qu'une certitude : son appétit de lui.

Sachant très bien qu'elle avait tort, elle insista :

— Donc, je viens.

Elle avait sciemment adopté un ton désinvolte, mais, encore plus féminin qu'elle, il ne s'y trompa point et opta d'un coup pour une prompte rupture. Ça lui apprendrait, à la belle Mimi, à oser appeler son amant à n'importe quelle heure du jour et de la nuit. Il décréta :

— On déjeune au Ritz. Demain, à une heure.

— Tant pis pour toi ! J'irai seule chez Castel. Je verrai bien demain dans quel état je suis.

Elle raccrocha et, s'adressant à son amie :

— Il m'a traitée comme une chienne.

— Pourquoi tu acceptes ?

— Alors ça !

Mimi se leva du divan où elle s'était lovée et alla chercher une cigarette dans son sac. Ses gestes nerveux trahissaient de l'anxiété. Quand elle regagna le canapé-refuge, elle s'arrêta un court instant devant le miroir. Son amie, qui entrevoyait son reflet, apprécia la grâce de cette longue brune aux yeux fendus, à la bouche immense, rouge comme une plaie. Elle croisa le regard de Mimi dans la glace.

— Et, tu vois, jamais je ne serai plus belle ! Trente ans ! L'âge idéal. Non mais, quelle merde !

— C'est fou, quand même, parce que, franchement, Lucas, il n'y a pas de quoi...

— Si tu savais, quand il a décidé de...

— Tu vas en baver !

— Ah mais, c'est fait, hein ? J'en bave !

Le frère regardait les vitres illuminées de *la Tour d'argent*, juste face à lui. Il se tourna vers Lucas, à présent prêt à sortir, sourdement fâché que ce soit Mimi qui ait pris l'initiative de raccrocher. Les yeux baissés sur la pointe de ses chaussures, il demanda, futile :

— Tu as déjà vu des pompes aussi belles ?

— Tu la préfères à l'heure de la sieste ?

Lucas leva sur lui un regard interrogateur.

— Après le Ritz, il te faudra bien passer à la casserole ?

— Eh bien non, vois-tu. J'ai décidé de rompre.

— Depuis quand ?

— Depuis tout de suite.

Il alluma sa pipe, aspira longuement, dévisagea son frère.

— Je lui offre un bijou d'adieu... Une comtesse, ça ne se quitte pas comme ça.

— Au contraire ! Ton bijou, elle te l'enverra à la gueule.

Lucas s'approcha de la baie sur laquelle il plaqua son front. Un bateau-mouche passait, illuminant le plafond.

— Tu crois ?

— Et, comme tu es radin, ça t'arrange bien.

— Je déteste jeter l'argent par les fenêtres, ça n'est pas pareil.

— Quand on était gosses, jamais tu n'as accepté de casser ta tirelire.

Lucas se détourna et entreprit d'éteindre les lampes une à une.

— Je l'ai toujours, tu sais ?

— Avec les dévaluations, tu es sacrément perdant.

— Mes arrière-petits-enfants auront une épatante collection de pièces anciennes.

— Côté petits-enfants, tu es plutôt mal barré.

— Pas du tout : je vais avoir un enfant.

— Avec qui ?

— Je ne sais pas encore. Mais... il serait temps, non ?

— Si. Ça s'arrose !

Lucas sourit avec amitié à son frère qui demanda :

— On va où ?

— Où tu veux, sauf chez Castel.

Ils descendirent gaiement les escaliers recouverts d'une épaisse moquette.

— Benoist-Méchin était très lié à sa mère. Tu devrais lire ses mémoires.

— Il a été fusillé à la Libération, non ?

— Je ne sais pas, je n'en suis pas encore à la fin.

— Parce que tu crois qu'il aurait pu en parler après sa mort ?

Ils rirent de bon cœur. La porte cochère s'ouvrit. La nuit de Paris les attendait.

Ils avaient terminé leur déjeuner. À son habitude, Mimi avait commandé une foule de plats auxquels elle avait à peine touché. Elle guettait avec une sournoise impatience le moment de partir. Lucas sentait le désir de cette femme longue et brune qui lui avait beaucoup plu. Les yeux fendus, brillants, étaient rivés sur lui, en demande non déguisée. « Elle ne pense qu'à baiser, c'est vraiment une chienne ! Quel toupet... » Et dire que c'était justement ça qui l'avait séduit !

Le café avait tiédi. Il en commanda un autre, estima que l'heure était venue.

— Mimi...

Cet absurde surnom dont elle était affublée : « Mimi de La Tour d'Auvergne » !... Quelle fausse simplicité ! La sienne, celle des gens nés riches, elle ne la comprendrait jamais.

Soudain méfiante face à la solennité du ton qu'il avait adopté, elle scruta cet homme qui lui plaisait tant.

C'était louche, ce grand restaurant : comment n'y avait-elle pas songé ? La pingrerie de Lucas était bien connue. Son ventre se crispa de peur.

— Oui ?

— Tu es une femme rare. Inoubliable...

Elle appréhenda aussitôt le pire. Quelque chose d'enfoui en elle hurla : « *Non !* » à son amant. Elle rejetait d'emblée l'évidence, elle n'en voulait pas et eut le déconcertant courage de rire.

— Je ne t'ai jamais demandé de m'oublier !

La vue de la main de son amant posée sur la nappe blanche la consumait de désir. Elle imagina les caresses les plus folles prodiguées par cette main-là. N'importe où. Chez lui, dans sa voiture, dans les toilettes du restaurant si ça lui chantait, mais elle le voulait. Là, tout de suite.

— Tu es mariée, Mimi.

— Depuis cinq ans, oui. Pourquoi ?

L'espace d'un éclair, elle se souvint avec acuité d'une image de son voyage de noces, qu'elle aurait tant aimé oublier. Son mari tout neuf l'avait emmenée à bord d'un superbe yacht avec d'autres amis. Elle aurait préféré rester seule avec lui, mais n'avait rien osé dire. Une nuit qu'elle était allée respirer sur le pont, elle avait eu la vision fugitive d'un couple forniquant à l'avant du navire.

L'homme était son époux.

Elle avait dix-huit ans.

Lucas, de son côté, songeait à ses amis qui, par peur des affrontements, repoussaient les ruptures ! Lui, au contraire, savourait la sienne.

Il énonça d'une voix tranquille, presque indifférente :

— Nous devons cesser. Notre histoire n'a pas de sens.

— Elle en avait bien un, hier. Elle l'a perdu ?

— Hier, c'était hier.

— Le sens des histoires, tu sais... Ça ne dépend que de nous.

Il prit les mains de Mimi entre les siennes. La violence du désir qu'elle ressentait donna à la jeune femme l'envie de crier grâce.

Impitoyable, il poursuivit :

— J'en ai parlé avec mon frère, hier. Je pensais t'offrir un cadeau de rupture. Un bijou, quoi...

Il eut la cruauté de rire.

— Mais il m'a dit que tu me le balancerais à la figure. Une comtesse...

Ainsi, il en avait d'abord parlé à son frère ! Le traître ! Il avait étalé sa lassitude de leur histoire sur la place publique. Au chagrin de Mimi vint s'ajouter l'humiliation. Volontairement vulgaire, elle lança :

— Il est complètement à côté de la plaque, ton frangin ! Et comment, que je le veux, mon cadeau !

Elle se leva, décidée.

Hostile, il demanda :

— Tu vas où, là ?

— Cartier est à deux pas. Pour les cadeaux de rupture, c'est pratique.

Elle savait qu'il ne pouvait se récuser et observa avec une délectation empreinte de tristesse qu'il était devenu aussi pâle qu'elle.

Avec une infinie patience, le joaillier présenta une nouvelle broche sertie d'émeraudes. Mimi y jeta un coup d'œil plein d'une indifférence souveraine.

Non, décidément, elle n'aimait pas.

Le vendeur ne fut pas étonné : il avait repéré la cliente, une de ces capricieuses qui mènent les hommes par le bout du nez. Il en voyait défiler pas mal, dans son métier.

Habité qu'il était d'une haine froide, Lucas avait mal dans la poitrine.

Souriante, Mimi lança au vendeur :

— Ça fait un peu nouveau riche, tout ça. Montrez-moi plutôt les colliers.

Après les bagues, les montres, les clips, les colliers, à présent !

On présenta à la comtesse un ensemble de perles transparentes. Mimi l'attrapa d'un doigt négligent, l'y laissa pendre. Le vendeur se précipita pour le lui accrocher autour du cou, puis lui présenta un miroir.

Songeuse, elle exhala dans un soupir :

— Je me demande si j'ai envie d'un bijou, moi, aujourd'hui...

— Tu devrais peut-être essayer les diadèmes, ricana Lucas, à bout.

— Ah non ! Les diadèmes, ça fait cul ! lança-t-elle trop fort, exprès. C'est bien de toi, d'avoir une idée aussi...

Elle cherchait le mot. Questionna du regard le vendeur.

— ... aussi ordinaire ! acheva-t-elle, sans pitié.

Lucas eut envie de la gifler et de la planter là, mais, prisonnier de sa bonne éducation, il resta impassible.

Le vendeur hasarda :

— Nous avons une parure... Une merveille, si je puis me permettre.

— Je n'ai plus guère de temps, risqua Lucas en jetant un coup d'œil à sa montre.

— Mon cher, quand on offre un cadeau de rupture, le temps, on le prend !

Sa voix vibrante avait traversé la boutique, électrisant tout et tout le monde alentour. Désormais le couple était devenu le point de mire de l'élégante clientèle qui, déjà en pensée, se voyait raconter l'aventure, le soir même, dans un de ces dîners parisiens où ce genre de ragots étaient prisés.

Foutue pour foutue, Mimi faisait sciemment tout ce que Lucas détestait.

Elle souriait, sûre d'elle :

— Alors, cette parure ?

Le vendeur sortit un écrin, l'ouvrit. Sur du satin vermeil, une rivière de diamants reposait en compagnie de deux boucles d'oreilles.

Mimi prit le collier, le fit miroiter dans un rai de soleil qui tombait à travers la vitrine.

— Tiens, c'est assez joli, ça !

Elle plaça une boucle près de son oreille. Elle avait le teint mat et le diamant étincela sous sa mèche sombre.

— Je prends !

Quel con je fais ! songea Lucas. Mais je ne pouvais pas deviner qu'elle pouvait être aussi immonde ! Elle, soi-disant désintéressée, je m'enfoutiste ! Une garce, oui ! Et de la pire espèce ! Et même pas née : c'est son mari qui l'a faite comtesse.

Il signa le chèque, envahi d'une rage glacée.

L'air tiède de la place rendit à Mimi un peu de réconfort. N'était-elle pas avant tout fille du soleil ?

Dédaigneuse, elle balançait le précieux paquet comme elle eût fait d'un doggy-bag.

À quelques mètres d'eux, appuyée contre une façade, une femme malingre, attifée d'une capote militaire sur une jupe trouée, n'osait tendre la main. Mimi s'approcha d'elle vivement et lui fourra le paquet entre les doigts. Surprise, la femme leva des yeux violets, immenses. Ça se voyait qu'elle avait été d'une rare beauté. Mimi se demanda quelle avait pu être sa route pour, nantie d'un tel regard, se retrouver là, si misérable.

Elle dit :

— C'est un bijou. Et pas du toc : vous pourrez le revendre cher.

— Mais... pourquoi ?

— Il s'agit d'un cadeau de rupture, vous comprenez ?

Les yeux violets étaient pleins d'incertitude.

— Non... Enfin, si. Il vous a larguée ?

Mimi jeta un coup d'œil sur Lucas, blême, à deux mètres d'elles.

— C'est tout à fait ça, oui : il m'a larguée.

Les deux femmes considéraient l'homme qui, avec une exaspération proche de la fureur, tourna les talons et s'éloigna sans un mot. Elles le virent disparaître sous les arcades de la rue de Castiglione.

Mimi constata :

— Il va me manquer.

Elle reporta ses yeux brillants de larmes sur la femme en guenilles qui haussa les épaules.

— Faut-il qu'on soit éberluées !

Ce qui était improbable arriva, et un même rire les réunit d'un coup. Un rire complice de femmes entre elles. Un rire irrésistible montant du plus profond de leurs entrailles. Ça, pour être *éberluées* !

Cette hilarité passagère rendit un peu de vie à Mimi, comme les volets que l'on pousse par un matin d'été.

La femme lui tendit le paquet :

— Tenez, il ne nous voit plus.

— Qu'est-ce que ça change ?

La femme dans son manteau kaki trop ample hésitait, le bras levé. Mimi avisa sa dégaine et, pragmatique, conseilla :

— N'allez pas vendre ces bijoux fagottée comme ça : on vous volerait.

Elle sortit quelques billets de son sac, les fourra dans la poche du manteau :

— Achetez-vous une robe convenable, des souliers, des gants, de quoi vous maquiller... Ah, et puis, passez chez le coiffeur.

— Le coiffeur aussi ? J'y aurais pas pensé ! C'est vrai qu'entre vous autres, vous vous reconnaissez.

— Oui. On se reconnaît.

Sa sœur

Le jeune homme est pris dans le tumulte des rues asiatiques. Il y a des vélos qui se glissent comme ils peuvent, se frayant passage parmi la foule qui les ignore, des motos rutilantes, des chiens errants, des camions brinquebalants.

Les machinos ont posé au milieu du trottoir défoncé les rails d'un travelling.

Le stagiaire débrouillard ramène les acteurs fin prêts, maquillés, texte su.

Le regard soyeux du metteur en scène emmitouflé dans ses cachemires, malgré la chaleur tropicale, fait signe au jeune homme que oui, on peut tourner.

On tourne.

Le jeune homme est toujours heureux de travailler. Dans ces moments-là, on ne pense pas.

La journée terminée, dans la tiédeur du soir, il rentre à l'hôtel.

Dans sa chambre étroite, il se débarrasse de sa chemise mouillée de transpiration, s'allonge sur le lit tout en se déchaussant du bout du pied, puis il souffle un peu.

Tout à l'heure, il se douchera et ira dîner avec ses potes.

Il aime cette ville bruyante où la misère se camoufle d'un air de fête, pleine de couleurs ignorées, d'échoppes rigolotes, de petits cafés au bord de l'eau, de mafiosi en blouson de cuir, de prostituées à la jeunesse si émouvante.

Il allume la télé.

Sur l'écran apparaissent des images de la guerre en Irak. Une bombe a creusé un trou béant, tuant au passage tous ceux qui par malchance se trouvaient là. Des silhouettes sortent de l'ombre et s'approchent du nouveau cratère. Êtres hagards, d'un autre monde, ils contemplent d'un œil incrédule le sol jonché de corps désarticulés, calcinés.

La lueur bleutée de l'écran confère au visage du jeune homme un teint blafard.

Comme en cet instant foudroyant où, là-bas, dans la lumière chiche que le bourreau avait baissée exprès, lui, le jeune homme, avait écarté le drap, ôté le linge blanc, et découvert, déformé, tuméfié, comme presque effacé, le visage de sa sœur.

Le temps s'était figé dans un vertige d'horreur.

Là, dans Bagdad, le caméraman a surpris un enfant seul qui regarde, anxieux, autour de lui. Il marche du pas hésitant des tout-petits, s'accroupit parfois devant le cadavre d'une femme. Il écarte de sa main menue un voile, une chevelure, puis se redresse et repart, ombre parmi les ombres au milieu du carnage.

Il appelle et marche de plus en plus vite.

À présent il court.

Sûrement qu'il cherche sa mère.

Un deuxième avion passe en rase-mottes et lâche une autre bombe.

La fumée semble tout effacer, puis s'élève avec lenteur, se dissipe, découvrant d'autres corps, d'autres morts immobilisés sur le sol dans des positions grotesques.

Celui de l'enfant aussi, arrêté dans sa course, les bras tendus en avant comme pour prévenir sa chute.

Il ne cherchera plus jamais sa mère.

Il ne recherchera plus jamais personne.

Pour lui, c'est fini.

Le jeune homme éclate en violents sanglots sur le lit anonyme de sa chambre d'hôtel anonyme.

Il hurle contre la sauvagerie du monde.

Ses mains se crispent, froissent le dessus-de-lit de faux satin verdâtre.

Sur une plage du Pacifique, sa sœur se tourne vers lui, le visage radieux, elle lui tend son pied où une épine s'est enfoncée. Le vent fait voler ses cheveux loin au-dessus de son visage, le vent la fait rire, tout comme la tête que fait son frère appliqué à lui ôter l'écharde... *J'ai envie de rire avec toi, d'être avec toi ici ou ailleurs, mais avec toi... Ta joie de vivre me manque, ton sourire me manque, ta liberté me manque... Comment continuer sans toi ? J'ai perdu le mode d'emploi.*

Sur son lit anonyme il se sent plus seul que seul.

Il aurait envie d'être encore petit et que sa sœur lui prenne la main pour traverser la rue.

L'anneau de mariage

Une brise légère passait par les portes-fenêtres largement ouvertes sur la fin de cette journée d'été. Des senteurs d'herbe fauchée flottaient dans la très belle salle à manger.

— Je m'ennuie avec lui, murmura Blanche à son voisin de table, un ami de longue date.

Il la regarda, stupéfait, interrompit son geste un court instant, puis acheva de remplir son verre de cristal du vin d'un beau rouge sombre.

— Je ne me doutais pas.

— Personne... C'est aussi bien.

— Pourquoi l'avoir épousé ?

— Tu te souviens, toi, de la raison qui t'as poussé à faire ta vie avec ton emmerdeuse de femme ? Je suis injuste, je sais, elle peut aussi se montrer charmante...

Elle se demanda pourquoi, sans l'avoir prémédité, elle avait confié à Peter cet ennui qui avait un jour – lequel au juste, elle l'ignorait – envahi sa vie conjugale.

Il reposa la bouteille sur la nappe immaculée.

—Tu étais amoureuse de moi, non ? Je parle de nos vingt ans.

Elle dévisagea celui avec qui elle avait cet échange à voix basse, puisqu'ils étaient à table et entourés d'autres amis. Elle se souvint vaguement de cette époque insouciante où elle aimait tellement plaire qu'elle s'était fait une réputation d'« allumeuse », comme on disait alors.

Peter avait pu s'y tromper.

—Les souvenirs, tu sais... Tout devient si vague, avec le temps.

Elle se sentit observée, détourna les yeux et reçut le choc du regard vert, tenace, qui la tint prisonnière, à travers la table, au milieu de la conversation mondaine qui se poursuivait. Elle se sentit la proie d'une confusion jusque-là inconnue. Elle se tourna vers Peter qui, ayant surpris l'échange muet, arborait un sourire ironique.

—Méfie-toi, ce ne sera pas plus simple !

—De quoi veux-tu parler ?

—Toujours d'aussi mauvaise foi, à ce que je vois... On ne change pas. Ou si peu... Ainsi, je ne te plaisais pas ?

—Tu tombais toutes les filles, alors moi, quelle importance ?

—Tu avais la réputation d'être cruelle, tu ne le savais pas ?

—Non.

—Je plains ton mari. Il va souffrir et l'ignore encore.

— Tu anticipes ! Je ne suis pas la seule à m'ennuyer. Sans doute que lui aussi.

— Peut-être, mais il n'est pas aussi exigeant que toi.

— Ou trop paresseux.

Le dîner était terminé. Blanche croisa son mari en grande conversation avec un austère diplomate au teint crayeux, répondit à son sourire et dirigea ses pas vers la terrasse qui surplombait une rivière. Elle descendit les escaliers moussus et marcha vers le tapis jaune de jonquilles, luisantes dans la nuit, qui bordait le cours d'eau. Le crépuscule immobile des soirs d'été était silencieux. Blanche tourna le dos aux lumières de la maison et, incertaine, demeura appuyée à un chêne noueux, quand elle entendit le gravier crisser imperceptiblement sous des pas, puis une présence s'approcher d'elle. Elle resta en attente, comme rivée au sol, sans se retourner. Une main tiède et douce se glissa sous son chemisier, elle se sentit défaillir quand cette main caressante lui emprisonna un sein. L'autre main se faufila sous sa jupe de mousseline légère, s'insinua sous sa culotte de soie, lui pétrit le sexe, le pénétra. Elle se laissa glisser sur le sol et retrouva le regard vert, étincelant, et, derrière lui, à demi caché par les branches, un pâle et fin croissant de lune.

On soulevait sa jupe, on ôtait sa culotte, une bouche effleura avec lenteur l'intérieur de ses cuisses, son ventre, une langue se glissa en elle, lui arrachant, irrépressibles, des cris de plaisir. Elle laissa sa tête aller loin en arrière, dans les jonquilles.

Des voix rieuses se rapprochaient. Le gravier crissait sous les pas des promeneurs. Blanche tenta de se ressaisir, sa main se leva, incertaine, dans l'inutile tentation de rabaisser sa jupe. Vaincue, elle renonça. On la verrait. On causerait. Son mari la quitterait peut-être... Mais ce plaisir aigu, comment le fuir ? Les voix se rapprochèrent encore, frivoles, puis s'éloignèrent.

Elle entendit son propre gémissement déchirer la nuit.

Elle se sentait à présent comme en état d'apesanteur, inconsciente, béate.

On lui remit sa culotte avec soin. C'est elle qui rabaissa sa jupe en se redressant.

Les jonquilles blessées avaient gardé l'empreinte de son plaisir.

Quand les deux jeunes femmes revinrent dans le grand salon, nul ne leur prêta attention, sauf Peter à qui jamais rien n'échappait.

Les yeux verts emprisonnèrent à nouveau ceux de Blanche.

— Demain. Demain, à treize heures, au Dôme.

— Treize heures, oui.

L'une rejoignit sagement son mari, l'autre la maîtresse de maison.

Assis au piano, un jeune homme interprétait une sonate de Schumann ; par-dessus les invités,

les regards des deux jeunes femmes se croisaient
avec une feinte indifférence qui amusa Peter.

Plus tard, tout ce beau monde prit congé.

Dans leur auto, surpris du silence de Blanche,
son mari lui demanda si elle ne s'était pas trop
ennuyée.

— Je n'ai pas eu le temps. J'ai réfléchi.

— Et à quoi donc, mon Dieu ?

— À nous deux.

Il eut un rire bref. Celui qu'elle abhorrait.

— C'est tout ? Tu m'as fait peur.

Elle se tourna vers lui. Il sentit son regard, mais
choisit de l'ignorer. Il détestait les remises en
question, fuyait les explications. Une spécialité
des femmes, selon lui.

— N'oublie pas : demain, on a les Cassard à
dîner.

Demain... Demain à une heure, elle serait peut-
être au Dôme.

Après... ? Après, elle verrait bien.

La voiture semblait glisser sur l'autoroute.
Blanche ôta son alliance, sa main joua un instant
avec, puis elle entrouvrit la vitre.

Sur le bitume, l'anneau roula, roula puis
s'immobilisa.

Méprise

Il y avait d'abord eu le lointain grondement du tonnerre précédant le déluge.

Panji aimait ces brusques tempêtes qui lui rappelaient son pays.

Penché sur son écritoire, il dessinait tout en écoutant la pluie frapper les hautes vitres de son bureau.

Aigrelette, la sonnerie retentit ; il reposa son pinceau avec soin et alla ouvrir. Sur le pas de la porte, debout dans son imper dégoulinant, les cheveux trempés, son frère le regardait, figé sur place, muet. Quelque chose dans cette immobilité et ce mutisme inhabituels alerta Panji. Il aurait voulu que cet instant précis n'existât pas. Il aurait voulu remonter le temps. Il revit avec netteté la dernière image qu'il avait gardée de sa mère : si mince, le dos courbé sous le poids de deux gros ballots, elle franchissait la passerelle d'un paquebot dans le port de Marseille.

Il murmura :

— C'est maman ?

Son frère fit signe que oui.

— Elle est morte ?

— Cette nuit.

Panji s'effaça et son frère entra en ôtant son imperméable. Il alla dans la salle de bains, en revint aussitôt, se frictionnant les cheveux avec une serviette-éponge.

Debout face à la fenêtre, aux toits luisants de pluie, Panji pensait : « Je sais désormais que je ne la reverrai plus. »

Il avait quatre ans, son frère sept, sa sœur quatorze quand leur père, militant communiste, avait été tué lors des massacres perpétrés au cours du coup d'État, à Lombock, en 1965. Il entendait encore les hurlements de douleur de sa mère.

Le père absent, elle avait regardé avec méfiance Panji grandir avec une grâce inconnue d'elle. Le corps sec et vigoureux, elle arborait, comme ses deux autres enfants, un visage assez ingrat.

En 1973, durant les pénuries de vivres, même le riz et les bananes s'étaient fait rares. Seul le petit Panji semblait ne pas en souffrir. C'était alors un adolescent de quatorze ans, céleste et délicat. Si la privation de nourriture ne lui posait aucun problème, par contre il reniflait avec des mines de chat dégoûté la sale odeur de la misère. Très tôt il avait ramené des sous à la maison. Sa mère avait alors redouté que son fils cadet ne fût devenu un voleur. Elle se trompait. La vérité est qu'à l'insu de tous, tout jeune, il avait appris dans un village voisin l'art du tissage réservé aux femmes. L'une d'elles n'avait pas résisté au vœu de l'enfant qui, fasciné, restait des heures à l'observer devant son métier. Lui aussi voulait toucher les fils d'or. Elle lui avait offert de s'y essayer et avait été stupéfaite de constater que, s'il utilisait les couleurs habituelles, il inventait par contre ses propres motifs en tissant à la main dans quatre sens. D'abord choquées de voir un garçon accomplir ce travail réservé aux femmes, les tisseuses, pour finir, l'avaient accepté. Elles regardaient les mains fines et brunes de l'adolescent pincer les fils avec agilité puis les entremêler en donnant libre cours à son imagination. Sous ses doigts, la mer, tantôt calme, tantôt agitée, remplaçait les fleurs et les animaux traditionnels.

À Ampenan, dans le quartier de Kampung Arab, un artiste balinais riche et cultivé s'intéressa à ces tissages jamais vus et fit venir chez lui l'adolescent, l'initia à la sculpture, à la peinture, à la poésie.

Ainsi qu'à l'amour.

Grâce à lui, Panji sut vite reconnaître du premier coup d'œil la grâce, où qu'elle se nichât. Il se riait du toc bien fabriqué, prenait un plaisir sensuel à effleurer le lisse : l'ébène, le jade, l'ivoire.

Il avait quinze ans quand sa mère apprit par une voisine l'homosexualité de son fils.

Elle le répudia aussitôt.

Il alla vivre chez le sculpteur.

Son unique lien avec sa famille était son frère qu'il emmenait parfois dîner dans des restaurants chics.

Ils terminaient souvent leurs soirées dans des fumeries d'opium.

Trois ans plus tard, il quitta le palais de son amant et s'embarqua pour la France.

Il fit ses adieux à son frère, lui offrit ses économies et alla jusqu'à la cabane maternelle saluer sa sœur.

Sa mère refusa de le voir.

Il resta un long moment devant la porte close, puis tourna le dos à son enfance et s'embarqua sans un sou à destination de Paris.

Son premier argent fut pour sa famille, aux yeux de qui cette situation nouvelle était tout à fait normale. Il était « le petit veinard qui avait réussi en France ». L'idée que son succès pût être le résultat d'un labeur acharné, de longues veilles où l'aube le trouvait parfois penché sur son écritoire, son pinceau à la main, ne les effleurait point.

Qu'il fît vivre les siens ne modifia en rien la façon de voir de sa mère : Panji n'était plus son fils.

C'est ainsi, depuis plus de trente ans, qu'elle avait refusé de le voir. Ne voulait même pas lui parler au téléphone. Comme la seule chose qu'elle acceptât de lui, c'était ses chèques, il y joignait toujours de fort belles lettres. Vérifiait qu'elle allait à la banque et la soupçonnait de jeter ses lettres à la poubelle sans même se les faire lire. Il aurait fort bien pu lui faire un virement mensuel. S'il avait choisi de lui envoyer lui-même l'argent, c'est qu'il voulait qu'elle remarquât sa ponctualité, et qu'il gardait en lui l'intime conviction de réussir un jour à la convaincre de le revoir.

Ce n'était jamais arrivé.

Il avait souvent la nostalgie des plages langoureuses de son île et le seul énoncé du nom de Nusa Tenggara évoquait pour lui les villages sur pilotis des pêcheurs, mais aussi et surtout des images de sa mère : enfant, elle l'emmenait au marché, le lavait dans le ruisseau ; le soir, dans son demi-sommeil, il la voyait travailler à quelque obscur ouvrage.

Elle ne pouvait l'avoir oublié.

Il ne peut y avoir rupture définitive entre une mère et son fils, pensait-il, vingt ans auparavant, en envoyant l'argent du voyage pour la famille qui avait décidé de venir vivre à Paris.

Il alla à Marseille et, le matin de leur arrivée, se rendit au port où il vit entrer l'énorme paquebot couvert de rouille.

Il attendit.

Sur la passerelle, bientôt, des voyageurs descendirent les uns derrière les autres, porteurs de valises et de sacs.

Soudain, son cœur battit la chamade.

Il repéra la silhouette maternelle, devenue toute frêle, un peu voûtée : la fatigue du voyage, sans doute...

Son frère aîné et sa sœur suivaient.

D'un pas incertain, il s'avança vers eux quand une peur soudaine le figea sur place et le fit se dissimuler derrière un camion. En revoyant le visage de sa mère, il avait su d'un coup qu'elle n'avait toujours pas pardonné.

Assis dans la cuisine, son frère regardait Panji préparer le thé.

— Elle a prononcé mon nom ?

— Depuis deux jours, on ne comprenait plus rien à ce qu'elle disait. Elle n'a pas souffert.

— Elle te l'a dit ?

— T'es con, toi !

Ils rirent ensemble. Privilège de ceux qui s'aiment, ils riaient toujours dans les pires moments.

— On l'enterre demain.

— On ne la rapatrie pas ?

— Pour quoi faire ?

Panji lui tendit une tasse.

C'est vrai, pensa-t-il, pour quoi faire ?

Le lendemain, il prit le RER et regarda défiler le nom des stations. Son frère lui avait bien expliqué où se trouvait le cimetière. Il lui avait même fait un croquis, c'est si compliqué la banlieue, mais le plan, Panji, toujours distrait, l'avait oublié sur la table de la cuisine.

Peu importait, du reste : il se souvenait de tout et descendit à la bonne station.

Une fois dehors, il regarda autour de lui. Il avait tant désiré venir un jour dans cette localité. Le lieu de leur réconciliation... Mais peut-être que s'ils s'étaient croisés, sa mère et lui ne se seraient pas même reconnus. Le temps qui passe avait dû déposer sur le visage perdu le masque de la vieillesse, et lui-même n'avait plus rien du jeune androgyne de Lombok.

Il se dirigea vers le cimetière.

Une écharpe d'un jaune brillant, qu'elle arborait les jours de fête, flotta devant ses yeux au milieu de tout ce gris, puis disparut.

Comme la pluie s'était remise à tomber, il boutonna avec soin son long imperméable marron. Il se refusait à adopter le pas pressé des Parisiens sous la pluie, et, à l'inverse des rares passants qu'il croisait, il redressa le buste et leva son visage qu'il offrit à l'averse.

Il eut tôt fait de s'égarer, chercha à se repérer sur un de ces plans affichés auxquels il n'avait jamais rien compris. La pluie avait redoublé quand il arriva enfin en vue du cimetière. Il franchit la petite grille, marcha dans les allées boueuses et découvrit un peu plus loin le groupe familial autour de la sépulture. Il s'immobilisa. Décida de respecter le refus de sa mère et de ne pas se montrer. Il vit le cercueil qu'on descendait, et son cœur chavira. Des larmes ruisselèrent sur son visage et se mêlèrent à la pluie.

« *Maman, c'est donc ici que ça finit pour toi. Loin de chez toi, loin de tes racines, de ta jeunesse. Maman, tu m'as manqué... Pourquoi t'es-tu sentie déshonorée par mes penchants ? Qu'importaient les méchantes langues ? Le bonheur de ton fils n'était-il pas ce qui comptait le plus pour toi ? Au moins aurais-tu dû accepter de me voir en cachette, comme je te l'ai cent fois proposé. Pauvre petite mère... Repose-toi de nous, de la pluie et des guerres. Notre séparation, si ancienne pour toi, se concrétise seulement pour moi en cet instant... »*

L'image éphémère d'une heure auparavant lui revint avec netteté en mémoire et s'imposa, triomphante. Elle était le souvenir de sa vie même : l'écharpe jaune flottait, caressant au passage le visage du garçonnet. Sa mère l'emmenait à la fête du village. Jeune et mince, il la voyait mieux que dans l'instant présent, mieux que le groupe entourant sa tombe que le nuage de pluie brouillait, donnant l'impression d'un vieux cliché.

Les images se succédaient, rapides comme dans un kaléidoscope, et il la revit le jour où elle avait appris par la voisine l'inclination honteuse de son

fils. Ce regard de haine qu'elle lui avait décoché
en lui tendant sans un mot son baluchon.

Les épaules de Panji étaient à présent secouées
de sanglots. Il avait perdu le dernier écran qui le
séparait de sa propre mort.

Cette famille, la sienne, qu'il avait du mal à dis-
cerner, ces amis qu'il ne connaissait pas, défilaient
devant le trou béant, s'inclinaient, puis, se serrant
les uns contre les autres, penchés en avant, vain-
cus, en somme, le regard baissé sur la terre
détrempée, se dirigeaient vers la sortie.

La peur d'être vu éloigna Panji qui contourna
les tombes, faisant un large détour pour venir
seul, sans être repéré, se recueillir sur sa
dépouille.

Malgré la pluie, les fossoyeurs commençaient
à combler la fosse.

Quand il fut près d'eux, Panji s'immobilisa. À
présent, un sourire apaisé détendait ses traits.

Il avait enfin retrouvé sa mère.

Impressionnés par cette ferveur inattendue, les
fossoyeurs échangèrent un regard en se deman-
dant s'ils devaient poursuivre leur besogne.

C'est alors que les yeux de Panji s'arrêtèrent
sur la pierre tombale.

Le nom gravé dessus n'était pas celui de sa
mère.

Il lut et relut ce nom bien français, inconnu
de lui.

Peut-être s'était-il trompé de jour ? Sa mère avait raison : il ne cesserait jamais d'être un étourdi. Toujours dans les nuages, il avait raté même cet ultime moment.

Désemparé, il regarda autour de lui. À présent l'endroit était pratiquement désert. La pluie cessait peu à peu, mais le ciel gris et bas était plus morne que jamais.

Intrigué par un comportement aussi inhabituel, un fossoyeur demanda :

— C'était un parent à vous ?

Panji émergea de sa rêverie.

— J'ai dû me tromper d'enterrement.

— On n'a pourtant pas changé l'heure, mais peut-être de cimetière, c'est déjà arrivé.

Les fossoyeurs s'accoudèrent d'un même geste à leurs manches de pelles en déclarant qu'à Bois-Colombes il y avait deux cimetières parce que, dame, ce n'était pas petit, Bois-Colombes, et on y mourait tout autant qu'ailleurs.

Gentils, ils se lancèrent en chœur dans des explications embrouillées pour situer l'endroit où se trouvait justement l'autre cimetière.

Panji écoutait.

L'idée d'un autre cimetière, d'un autre enterrement, mais aussi et surtout d'un chagrin tout frais, inédit, était inenvisageable. Il avait épuisé ses réserves de chagrin.

Il remercia les deux hommes et regagna le chemin boueux.

Il n'avait plus une seule larme, juste de la fatigue due au manque de sommeil, à ce temps humide, à ce paysage maussade.

Il marcha jusqu'à une station de taxi.

La pensée qu'il s'était trompé de cimetière l'égaya soudain.

Il se dit qu'il n'était qu'un pauvre orphelin distrait. Un orphelin de cinquante-trois ans, d'accord, mais orphelin tout de même.

Sa marche se fit plus légère.

Il se sentait délesté d'un poids.

Désormais, il n'éprouverait plus l'angoisse de gagner assez pour pourvoir aux besoins de sa mère.

Ni à guetter en vain un appel, un signe d'elle, qui ne venait jamais.

Il n'écrirait plus de ces lettres abandonnées sitôt que commencées.

Il était libre, en somme.

Tout n'est pas perdu...

Il n'écoutait pas l'homme qui lui parlait profits, pertes et pourcentages. Habile, il savait faire semblant. Il pouvait même répondre de temps à autre, ce qui ne l'empêchait pas de laisser son regard errer sur la nouvelle secrétaire.

Appuyée contre une colonne, une coupe à la main, elle sentait son regard et riait fort exprès. La mousseline légère de sa jupe à fleurs laissait deviner des cuisses minces. D'un coup, comme écartant tous les autres, elle planta son regard dans celui de l'homme et l'y laissa le temps d'une invite assurée.

Il s'excusa auprès de son collaborateur, gagna son bureau et appela chez lui.

La voix de sa femme le rassura. Il lui proposa de le rejoindre à ce cocktail d'affaires et à sa réponse sentit son peu d'emballement. N'était-il pas plus pratique qu'il expédie tout ça, puis rentre ? Il l'imaginait, paresseuse, allongée sur leur lit, un livre à la main. De loin, à travers les vitres, là-bas, la jeune femme à la jupe fleurie esquissait pour lui seul un sourire suggestif.

Son silence étonna sa femme qui lui demanda ce qu'il préférait.

Il déclara qu'il ne rentrerait pas tard.

À peine eut-il raccroché que Leslie se dit qu'elle avait eu tort. Elle aurait dû le rejoindre. Mais la pensée de lutter contre cette langueur qui l'envahissait depuis elle ne savait trop quand la laissait d'avance épuisée.

À gestes précis, elle se roula un joint.

Quand son mari rentra, matou silencieux, il la trouva sur la terrasse. Parfaitement immobile, assise sur les pierres encore tièdes du soleil de septembre, les yeux sur le couchant que cachaient à demi des nuages bleutés, elle sentit sa présence et se redressa d'un mouvement lent. Il admira brièvement la souplesse féline du corps de cette femme, la sienne, qui lui plaisait. Il la prit contre lui. Elle hésita, puis s'abandonna, et ils glissèrent mollement sur la moquette. Avec délicatesse il souleva sa robe et caressa son long corps dénudé. Elle huma les vapeurs d'alcool mêlé à son odeur habituelle faite de tabac et d'une légère moiteur qui l'avait toujours troublée, et leva les yeux sur lui.

Elle reçut un choc en pleine poitrine à la vue de cet étranger : le trouble qu'à ce moment précis elle lisait dans son regard était destiné à une autre, et quelque chose lui disait de façon certaine qu'elle n'était pour rien dans le désir de son mari.

Après le cocktail, il avait probablement rac-
compagné une femme. Dans la voiture, les mains
de son mari devaient s'être égarées sur un corps
nouveau, inconnu. Par jeu, histoire de faire traî-
ner le plaisir à venir, la femme s'était reprise, avait
lissé sa robe froissée, ouvert la portière, et s'était
éclipsée.

Plein de son désir inassouvi, il était rentré chez
lui où il savait trouver celle qui lui appartenait.
Mais, à compter de cet instant où elle avait
détecté l'Autre dans l'attitude de son époux, elle
ne subissait plus qu'en spectatrice indifférente
leur amour désassemblé. Lui, égoïste pour une
fois, chercha et trouva son plaisir. Alors seulement il sentit l'absence inhabituelle de sa femme
et s'appliqua à ce qu'elle le rejoignît. Elle se rai-
dit, refusa la caresse précise, et ménagea un certain espace entre eux deux.

« Je l'ai donc loupée », pensa-t-il, abasourdi. Il
s'abstint de réagir et fixa sa nouvelle ennemie. Il ne
vit que son profil dérobé par la masse de cheveux
jamais peignés. Il savait ses yeux tournés vers le
violet des jacinthes de la terrasse.

Contrarié, il se rajusta.

Elle se souleva, fit glisser sa robe, et, debout,
retourna vers la terrasse où elle s'accouda à la
balustrade.

Ainsi ne cessait-elle de mettre entre eux des
espaces de plus en plus considérables.

Elle regarda un orchestre d'étudiants répéter dans le kiosque du jardin public au-dessous d'eux. Des flâneurs s'étaient arrêtés pour écouter. La majorité d'entre eux n'auraient jamais eu l'idée d'aller au concert, mais là, en cette fin d'après-midi d'un été indien qui n'en finissait pas, la musique les avait attirés.

Elle dit sans le regarder :

— Tu le sais, Gilles, qu'on n'arrive plus à vivre ensemble.

Il se leva, s'approcha d'elle, et, mû par un obscur pressentiment, se garda de la toucher.

Il murmura :

— Séparément non plus, on n'y arrivera pas : on le sait... Tu veux quoi ?

— J'aurais voulu « avant »... Mais « avant » n'existe plus.

— Tu as fumé ?

— C'est mieux pour atterrir, après la mescaline, non ?

— Oui, mais nous deux ensemble, comme pour le reste.

Elle tourna vers lui un regard où la tristesse se mêlait à l'ironie.

— Le reste, tu dis ?

Ils se mesurèrent du regard. Il haussa les épaules.

— Le scorpion se réveille, à ce que je vois.

Les musiciens rangeaient leurs instruments. Les passants regagnaient le cours naturel de leurs vies dans les derniers feux du couchant. Ç'aurait pu être une belle soirée.

Elle songeait : « *C'est fini. La lumière s'est éteinte. On le sait, tous les deux. Ou peut-être pas. Les hommes sont différents. Et lui est depuis si longtemps déterminé à ce qu'on vieillisse ensemble. J'aurais aimé, moi aussi, mais je sais déjà que, l'espace de quelque temps, nous allons faire semblant, parce que nous avons tous les deux peur de cette vie inconnue, sans l'autre, dont nous avons perdu les clés. Mais nous ne pouvons plus rien pour la sauver, et un beau jour... »*

Elle chercha à quel moment le désenchantement avait commencé à les envahir – elle ou lui, ou bien tous les deux ?

Quel geste, quelle parole un jour avait froissé, blessé l'autre au plus profond ?

Peut-être ce détachement avait-il commencé par cette nuit d'hiver sur un quai de gare dans le Piémont, à San Vincenze... Elle se souvenait de la froidure qui l'avait envahie et du mal de dents aigu qui la torturait et s'aggravait sans cesse. Elle se rappelait son envie désespérée d'être ailleurs, n'importe où sauf là. Elle avait senti qu'il ne se préoccupait ni d'elle, ni de ses maux, et même qu'il lui en voulait. Il détestait qu'elle aille mal. Des cheminots leur avaient offert la chaleur de leur poêle dans un abri, ainsi qu'une tasse de café. Elle avait accepté avec reconnaissance, mais avait frémi à le voir, lui, l'homme qu'elle aimait, demeurer si fermé. Elle ne s'expliquait pas son hostilité. Une obscure solitude l'habitait. Mais peut-être que, sans l'analyser encore, elle était déjà elle-même ailleurs, et, trichant, elle occultait son propre état ? l'avait déguisé en mal de dent ?

Elle s'efforça de se montrer équitable dans sa réflexion, mais ce n'était pas si facile... On se détache, on devient indifférent l'un à l'autre de manière insidieuse, les faits s'accumulent sans qu'on y prenne garde, et puis arrive cet instant où force est de constater que c'est fini.

Comme s'il l'avait entendue penser, il dit :

— Pourquoi faut-il que tu gâches une si belle soirée ?

— Tu es sûr que c'est moi ?

Il jeta sa cigarette.

Elle m'emmerde, se dit-il.

Il prit dans sa main le visage mince qu'il tourna vers lui et reçut l'éclat blessé de ses yeux de plomb. Ce regard-là lui communiqua un étrange vertige.

Il n'allait pas la perdre, tout de même !

Il chassa l'inadmissible éventualité. Elle était *sa* femme. Leur destin à tous deux était d'être ensemble.

Il vit rouler une larme muette et un éclair de jubilation le traversa.

Il songea : « Elle est à moi ! Peut-être ne puis-je plus lui faire du bien, mais je peux encore la faire souffrir. Tout n'est donc pas perdu. »

Ratage

Dans l'immense atelier où retentissait le tintamarre des machines, sous la grande horloge, les ouvriers en bleu s'affairaient à la tâche.

Pour Diego, c'était le dernier jour.

Cette retraite tant souhaitée, voici qu'à présent il la redoutait.

Depuis quarante ans, chaque matin, il franchissait les grilles de l'usine, retrouvait ses copains, blaguait avec eux jusque dans les vestiaires où ils achevaient d'en griller une avant l'appel mobilisateur de la sirène.

Il se demandait avec anxiété ce qu'il allait faire de tout ce temps désormais déployé devant lui à perte de vue.

Il n'avait pas d'autre habitude que le boulot. La belote au café, c'était le samedi. La maison, c'était depuis toujours l'occupation de sa femme.

Il pensa à adopter un chien, mais cette simple idée lui flanqua le cafard à la perspective de devoir affronter les inévitables réprimandes de son épouse.

Il sentit un regard sur lui, leva les yeux. Amélie, qui travaillait à la cantine depuis une quinzaine d'années, lui adressait un sourire bienveillant. Elle passa, silhouette mince, effacée, entre les machines, et s'arrêta près de lui.

— Alors, c'est le dernier ?

— Ben oui.

— C'est triste... Enfin, pas pour vous.

Surpris, il la regarda au fond des yeux, ce qu'il n'avait jamais fait. Il lut une lointaine mélancolie dans ce regard d'un bleu fané, détailla le pli amer de la commissure des lèvres, la tendresse fatiguée qui émanait de tout ce visage.

Une vive émotion l'étreignit.

— Si. Pour moi encore plus.

Ils ne s'étaient jamais autant parlé. Il demanda sans trop savoir pourquoi :

— Vous avez des enfants ?

Aussitôt il eut honte de son indiscrétion, mais elle ne s'offusqua pas et répondit sans détours :

— Un fils. Je ne le vois jamais. C'est son père qui a eu la garde.

Il hocha la tête. Elle acheva dans un murmure :

— Je buvais.

— C'était il y a longtemps ?

— Onze ans.

La sirène de fin de journée retentit, déchirante, brutale. Ils échangèrent un regard éperdu.

Elle dit :

— Je m'appelle Amélie.

— Ça, je sais ! Ah, c'est trop bête, à la fin !

Elle hocha la tête et poursuivit son chemin.

Il la suivit des yeux jusqu'à ce qu'elle eût disparu derrière les grands pans de mica semiopaque, puis il prit son outil et le frotta sur son revers de manche pour le laisser propre et brillant.

Du geste habituel, il stoppa sa machine et, comme les autres, se dirigea vers les vestiaires.

Il rangeait sa blouse dans son casier métallique et passait son vieux blouson quand une tape vigoureuse et amicale s'abattit sur son épaule.

— On t'a préparé le verre de l'adieu !

Ils y avaient donc pensé...

Depuis le début de cette semaine qui devait être la dernière de sa vie à l'usine il se disait qu'il n'y aurait sûrement pas droit et en ressentait une peine enfantine. C'était un homme modeste qui ne faisait pas grand cas de sa personne.

Il suivit les hommes vers la buvette du coin. Dans la salle enfumée l'attendaient ses compagnons de toute une vie. On lui tendit une coupe de mousseux. Des mains levées le saluèrent.

— À toi, Diego !

Intimidé, il chercha du coin de l'œil si Amélie n'était pas dans les parages.

Il ne la vit point. Quel imbécile il était de l'avoir toujours ignorée ! Désormais, c'était trop tard.

Il éprouvait l'impression pénible de rester seul sur un quai de gare, d'avoir raté le dernier train.

— Hé, Diego, tu es avec nous ?

— Pour la dernière fois, oui.

— Ben non ! Faudra venir de temps en temps nous revoir et boire un coup.

— Ce sera plus pareil.

Un lourd silence tomba sur ces hommes qui comprenaient bien, sans pouvoir se le formuler, ce que voulait dire Diego.

Non, ce ne serait plus jamais pareil.

— Tu vas retourner en Espagne ?

— Là-bas ? Depuis le temps, je n'ai plus personne.

— Ben oui, que je suis con !

— C'est ta femme qui doit être contente.

— Non. Elle appréhende.

— Quoi ?

— Je sais pas trop. L'idée de m'avoir tout le temps dans les jambes. Elle arrête pas, avec ça, ces derniers temps.

— Amène-la sur la tour Eiffel.

— Jeannette ? Jeannette sur la tour Eiffel !

— Vous y êtes déjà allés ?

— Non, quelle idée.

— C'est vrai que la Jeannette sur la tour Eiffel...

Et, sans trop savoir pourquoi, tous se mirent à rire, Diego compris. La tour Eiffel, ça n'était vraiment pas le genre de sa femme.

De quel genre était-elle, au juste ? Il ne pouvait rien lui reprocher. La maison était toujours impeccable, ses vêtements aussi, elle en prenait grand soin. Elle n'oubliait jamais de lui préparer sa cantine pour l'heure de midi. Non, il n'avait rien à lui reprocher, sauf qu'en y réfléchissant bien, il y avait eu ce moment dans leur vie où, même muette, elle était devenue pour lui une sorte de reproche permanent. Peut-être était-ce depuis ce jour où ils avaient dû se serrer, elle et lui, pour faire de la place à Pedro et à Luis, ses neveux fraîchement débarqués, le temps que ces derniers s'organisent.

Comme il avait été heureux de les retrouver, si jeunes, si confiants ! Ils mettaient du bonheur dans le petit pavillon.

Avec eux il avait retrouvé sa langue natale, un peu de son pays. S'exprimer en espagnol leur avait été naturel.

Il se souvint de ce jour où, sur le pas de la porte, il les avait regardés partir, leur baluchon sur l'épaule, l'air réjouis.

Le soir même Jeannette avait déclaré avoir mal au ventre, que c'était à cause de la fatigue de tous ces jours où elle avait dû préparer tant de repas. C'était une femme de devoir, mais elle n'avait aucune notion de l'hospitalité en pays latins.

Le dimanche suivant, quand Pedro et Luis étaient venus rendre compte à leur oncle de leur nouvelle vie, du travail qu'ils avaient trouvé, elle

leur avait servi un repas irréprochable sans des-
serrer les dents. Ils auraient grandement préféré
un quignon de pain sec et une tranche de jambon
de pays avec une dose de bonne humeur.

Les visites des neveux s'espacèrent, et un jour
Diego se rendit compte qu'il ne les voyait plus
que brièvement pour la nouvelle année...

Dans le bistrot, le vin d'honneur se terminait.
Ils trinquèrent une toute dernière fois. C'était
l'heure de la soupe. Les bourgeoises ne plaisan-
taient pas là-dessus.

Amélie n'était pas venue.

Diego serra d'innombrables mains, donna
l'accolade à des copains espagnols. Il ne se savait
pas autant d'amis.

Il se retrouva sur la route longeant la voie de
chemin de fer. Il soufflait un vent glacé et il releva
le col de son blouson.

Dans le fond, la meilleure époque de sa vie,
elle datait de son engagement là-bas, chez lui : la
lutte clandestine avec les camarades pour des lendemains qui chantent, ç'avait été une vraie vie !
Une fraternité simple les unissait. Mais le combat
contre Franco n'en finissait pas et un jour, il avait
fallu qu'à son tour Diego quitte l'Espagne ; c'est
un camarade qui vivait en France qui lui avait
fait passer la frontière. Avec lui il s'était senti en
confiance.

Les premiers mois, à Paris, il était allé le revoir

de temps en temps. Dans un petit salon enfumé, ils refaisaient le monde entre déracinés.

Un jour, il avait rencontré Jeannette, serveuse dans un boui-boui. Au bout de quelques semaines d'une liaison somme toute banale, elle avait décrété qu'ils devaient se marier.

La vieille peur de dire non lui avait foutu sa vie en l'air.

Il avait épousé Jeannette.

N'avait plus trouvé de temps pour la seule chose qu'il aimait : discuter des heures dans sa langue en fumant des Bastos, là-bas, avec les camarades...

Un train passa, rapide, peu bruyant.

Son pavillon était allumé.

Tout de même, c'était bien, d'être attendu. Même s'ils allaient, Jeannette et lui, manger leur soupe en silence.

Il entendit des pas derrière lui, se retourna. Son cœur fit un bond dans sa poitrine en reconnaissant Amélie. Elle arriva, essoufflée, toute souriante. Elle portait un bonnet de laine bleue.

— Je n'ai pas pu venir au pot du départ, le chef de service m'a retenue.

Il balbutia :

— Vous habitez dans le coin ?

La porte du pavillon s'ouvrit et Jeannette apparut en tablier de cuisine et bottillons fourrés. Elle toisa la jeune femme tout en s'adressant à Diego :

— Qu'est-ce tu fiches ? Il est tard.

— Les copains m'ont offert le verre de l'amitié.

— Tu parles d'une amitié ! Va donc frapper chez eux quand tu seras dans la peine pour voir si un seul t'ouvrira !

Humilié, Diego resta silencieux.

Amélie lui tendit la main.

— Bon, au revoir, alors.

Le cœur fendu à la pensée qu'il ne reverrait plus ce visage, Diego serra la petite main dans sa moufle bleue.

— C'est ça, oui. Au revoir.

Amélie reprit son chemin et il la regarda disparaître dans la nuit tombante.

Paris-Nice

Pantalon de lin froissé, chemise bleue, la femme regardait sans voir, par la vitre du train, la campagne jaunie, les banlieues sauvages à l'approche des villes.

Elle devait avoir dans les trente ans.

Le train s'arrêta en gare de Valence et deux jeunes filles montèrent. Dans le couloir, elles cha-hutèrent, complices.

— Fais gaffe, le train va repartir.

— Il te mène en bateau, ton mec, avec ses voyages d'affaires. C'est du bidon !

— Casse-toi.

La copine partit et la jeune fille blonde vint s'asseoir en face de la femme. Sur le quai, les voyageurs allaient et venaient, l'air tantôt pressés, tantôt égarés, comme cherchant quelqu'un du regard.

La jeune fille ouvrit son sac et en sortit un livre dans lequel elle s'absorba.

Le train repartit.

Il y eut ces façades proches, ces balcons, ces baies grandes ouvertes sur des intérieurs qui donnaient l'impression au voyageur d'être malgré lui devenu voyeur.

Puis, de nouveau, des périphéries désolées.

Enfin ce fut la campagne provençale : les champs d'oliviers, les vignes, les étendues caillouteuses, les rangées de cyprès.

Le train s'arrêta sans raison en rase campagne. Il y eut un remue-ménage parmi les voyageurs qui bientôt se levèrent, gagnèrent le couloir pour voir, comprendre, tout en se questionnant les uns les autres.

Dans le compartiment, les deux passagères restèrent à leur place. Seules.

Un contrôleur survint, expliqua la panne. Ça risquait de durer.

La lectrice blonde quitta des yeux son livre et croisa le regard de la femme à l'air absent, qui lui dit :

— Pardon, mais j'aurais besoin de parler à quelqu'un.

La lectrice referma son livre et se pencha un peu en avant, à l'écoute, intriguée.

La femme à la chemise bleue commença d'une voix trébuchante qu'elle s'évertuait à raffermir :

— Je quitte mon mari, voyez-vous, et je me sens... incertaine. Voilà : un soir, je lui ai menti... C'était en plein hiver, dans un chalet de montagne. Tout allait bien. Enfin, peut-être pas...

Quand j'y repense aujourd'hui... Je ne lui mentais jamais, alors pourquoi ce soir-là ? C'était durant la nuit, nous étions couchés. Sans l'avoir prémédité, je lui ai dit que le jour même, chez le coiffeur, j'avais surpris une conservation entre femmes. Une jeune fille que nous avions rencontrée disait qu'elle avait eu une aventure avec lui. Avec mon mari, donc... J'inventais ça. Pourquoi ? Je ne sais pas. Je ne sais plus. Je devais tout de même... sans me l'avouer... sans le savoir vraiment... Nous étions étendus dans le noir. Je venais de lui dire que cette jeune fille... Il est resté muet. J'ai alors très vite ajouté, comme pour arrêter la course d'un tank qui fonçait sur moi, que je savais très bien que c'était n'importe quoi, que j'avais toute confiance en lui... Mais il a continué à se taire...

La femme triste laissa sa dernière phrase en suspens. Son regard se perdait dans un ailleurs inconnu de la jeune lectrice.

Celle-ci avança une main dans l'intention de la poser sur la sienne, mais son geste s'interrompit de lui-même. Elle n'osait franchir une invisible barrière. Elles se regardèrent dans les yeux un court instant, puis la femme reprit son récit :

— Dans le silence, je l'ai entendu dire que non, ça n'était pas n'importe quoi. Je me suis sentie... basculer dans le vide, vous comprenez ?

Elle n'avait pu réprimer des larmes qu'elle essuya promptement du revers de la main.

— C'était par une nuit très noire, on entendait le vent souffler dans les sapins... J'imaginais l'échange de leurs regards troublés. Je veux dire : lui et la jeune fille... Avant, il y a toujours cet instant si fort où, même entourés d'autres personnes, un homme et une femme se disent, sans un mot, rien qu'avec les yeux, qu'ils vont faire l'amour. Vous avez forcément vécu des instants semblables... Il y a aussi que... les représentations mentales sont souvent plus fortes que la réalité, et ce qui me faisait le plus de mal, c'était... Oh, j'avais envie de sortir, de courir dans la neige, de sentir le froid me transformer en un morceau de bois indolore... Mon mari précisa que, pour cette fille, c'était la première fois. Une vierge ! Mais qu'elle n'avait pas plus compté que les autres... Les autres... Ainsi, il y en avait eu d'autres ? Je sombrais dans l'inconnu... Sa voix disait qu'il était soulagé de me parler de ça qui n'avait jamais eu grande importance pour lui. Un bon moment à passer, c'est tout... Je l'écoutais. Il citait des noms, des prénoms... Je visualisais les visages de ces femmes, leurs corps aussi... Et surtout les moments, je veux dire les différentes époques où cela s'était passé. C'était toute ma vie avec lui, enfin non, c'était moi qui m'écroulais.... Je calculai avec une précision maladive qu'il m'avait donc été fidèle pendant les quatre premières années de notre vie commune... Après... Après, j'avais vécu quelque chose qui n'existait

plus : une chimère... Il répéta combien il
m'aimait, moi et rien que moi. Que c'était avec
moi qu'il avait désiré vivre, qu'il voulait avoir des
enfants, qu'en même temps que sa maîtresse et
sa femme j'étais son meilleur ami... Je lui ai
demandé de me raconter tout. Comme si qui que
ce soit raconte jamais tout ! Je voulais des
détails... Il se souvenait de beaucoup de choses
intimes qui avaient eu lieu entre ces femmes et
lui. Je n'ai rien oublié. L'une d'elles mouillait tant
que... elle ne cessait d'aller se laver, puis ils se
retrouvaient et ça recommençait. Ça les faisait
rire... Je me remémorai avec précision ce que
nous vivions ensemble à ce moment-là... En par-
lant, il effaçait autant d'années de ma vie... La
plupart de ces « histoires sans importance »,
comme il disait, s'étaient déroulées durant ses
voyages d'affaires à New York... J'aimais beaucoup New York et, au début de notre mariage,
nous y allions toujours ensemble. Je me
débrouillais avec mon propre travail, c'était possible. Mais, par la suite, c'est devenu plus compliqué. Je l'accompagnais à l'aéroport et à son
retour il me rapportait de très beaux cadeaux...
Je me suis demandé à qui j'allais donner tous
ces objets que, désormais, je ne voulais plus voir...
C'est bizarre, non, des pensées pareilles, quand
on est soi-même anéantie ? Qu'est-ce que ça pouvait bien me faire ?... Lui disait se sentir mieux
du fait qu'il n'y eût plus entre nous de choses

cachées. Il me disait son bonheur à chaque fois
qu'il me retrouvait. Cette certitude que j'étais la
seule, l'unique... Il a voulu faire l'amour. Je l'ai
repoussé et lui ai tourné le dos. J'ignore s'il s'est
endormi... Et moi ? Je ne sais plus rien d'autre
de cette nuit-là... Le lendemain, nous avons quitté
le chalet. Je regardais les talus, de part et d'autre
de la route, recouverts d'une neige molle qui fit
bientôt place à une herbe rare, et puis il n'y eut
plus que des plaques grisâtres auxquelles, je ne
sais trop pourquoi, je m'identifiais... Dans la soirée, nous nous sommes arrêtés dans une ville où
nous n'étions jamais venus... Je regardai autour
de moi et tout me paraissait un leurre, une fiction
de carton pâte. Le long des trottoirs, je me
rappelle une robe de taffetas turquoise sur un
mannequin de cire, dans une vitrine... Pourquoi
est-ce que je me souviens de cette robe ? Je ne
sais pas. Combien de jours sommes-nous restés
là ? Dans quel hôtel avons-nous passé la nuit ? Il
y a les choses qui s'effacent et celles qui restent...
Une autre image est demeurée comme gravée au
fer rouge dans ma mémoire. C'était dans un café :
en revenant des toilettes, je l'ai vu de profil, assis
à notre table en terrasse. Je me suis arrêtée pour
l'observer à son insu. Un étranger. Cette impression... J'ai eu mal au ventre, mal à hurler. Nous
sommes repartis et avons échoué dans une autre
ville. Plus petite. Devant la fenêtre de notre
chambre d'hôtel coulait une rivière pleine de

remous... Au matin, je n'ai pas pu me lever... Ou bien je ne voulais plus. Je me demandais pourquoi on repartirait encore ailleurs. Partout ce serait la même chose. C'est la seule raison que je lui ai fournie. Lui, était fatigué de mon silence... De me voir emmurée dans ce silence. Il s'est impatienté. Je l'ai regardé sans le voir, comme s'il m'était devenu transparent...

Elle se tut un court instant et eut un sourire de reconnaissance pour la jeune fille dont l'attention ne s'était pas relâchée.

Quand elle se remit à parler, sa voix s'était raffermie.

— Le plus étrange, c'est que j'ai oublié quand et comment notre vie a repris son cours normal. À quel moment nous avons de nouveau fait l'amour, ri ensemble comme avant ? Partagé, quoi... C'est seulement hier... Je le regardais changer un pneu, je me suis demandé ce que je faisais là. Pourquoi j'étais restée avec lui... Par crainte de briser quelque chose d'important ? Oh non, pas la peine de me donner le beau rôle, alors que je n'ai aucunement l'esprit de sacrifice. Je n'aime pas les femmes de devoir, je n'en fais pas partie. Non ; c'est plutôt... J'ai été lâche... Comme assommée, après avoir reçu un coup dont je voulais atténuer l'effet... Pas assommée, non, anesthésiée plutôt... C'est ça : anesthésiée. Quand il a eu ôté le cric, j'avais décidé de partir... Je vais à Antibes, chez une amie.

Les deux femmes se regardaient. Ni l'une ni l'autre ne s'était avisée que le train était reparti et que d'autres voyageurs étaient venus occuper les places libres.

Bientôt la voix chantante du contrôleur annonça qu'ils arrivaient en gare d'Antibes. La femme se leva aussitôt, et, d'un geste juvénile, plein d'énergie, attrapa son sac de voyage dans le filet au-dessus d'elle. Elle se retourna, se pencha et embrassa spontanément la joue de la jeune fille qui se leva à son tour et la suivit dans le couloir. La femme s'arrêta, ôta une mèche blonde qui barrait le visage de celle qui avait su écouter.

— Merci. Ça m'a fait du bien de vous parler. J'en avais besoin. Je vois à votre regard que vous comprenez. Enfin, vous devez être du genre à respecter même ce que vous ne comprenez pas.

La jeune fille la fixait, muette.

Le train était entré en gare.

— Vous connaissez Antibes ?

L'autre secoua la tête.

— Bonne chance.

La femme descendit sur le quai, se retourna et répondit d'un joli geste à l'adieu de la jeune voyageuse qui la regardait s'éloigner, mince et droite, vers la sortie.

Le train s'ébranla. La jeune fille s'adossa dans le couloir, face aux larges baies. La mer apparut. Sur une étroite bande de sable roux, deux enfants couraient après un chien qui aboyait. Les ampoules d'une pizzeria étaient restées allumées.

Elle sortit son portable de sa poche, le regarda, releva les yeux sur les vagues qui mouraient sur une plage de graviers. Elle composa un numéro.

— C'est moi... Non, je ne viens pas... Demain non plus. Je voulais te dire... Ne m'attends pas. Ne m'attends plus.

Merry Christmas

Paul enfonçait ses bottes dans la neige profonde. Son pas était régulier, bien qu'il dût sans cesse faire un effort pour s'extraire des trous qu'il creusait. Il aimait le bruit feutré de sa marche, étouffé par les flocons qui tourbillonnaient autour de lui.

Il s'arrêta sur le pas de la porte de son chalet. Passa une main sur ses cheveux trempés, regarda autour de lui.

L'univers semblait voué au blanc pour toujours.

« Ça peut arriver, en Suède, à l'époque de Noël », se moqua Paul en ouvrant la porte.

Le sapin de l'enfance étincelait de boules d'or et de guirlandes argentées.

Par les barreaux du berceau de bois bleu apparaissait le pied de son enfant chaussé de laine rose.

« C'est Walt Disney, chez moi ! Tout ce que je déteste, et j'ai tout fait pour en arriver là ! Bien sûr, ça présente un avantage : grâce à mon imbécillité, j'ai devant moi l'image du désastre qu'est devenue ma vie. »

Il se pencha au-dessus du lit de bois peint qu'il fit osciller doucement, resta à regarder le petit dormir, constatant que c'était un joli enfant.

Paul était un tissu de contradictions.

Quelques mois auparavant, mon frère Christian, inquiet, était passé me chercher pour aller lui rendre visite à l'hôpital. Sa femme avait poignardé Paul pas très loin du cœur.

C'était la deuxième fois.

Nous avions décidé d'y aller à pied. Les nuages roses au-dessus de la Seine semblaient collés à jamais dans le ciel.

À la fois soucieux et léger comme il savait l'être, Christian me dit :

— Elle est jalouse, et lui, ça l'amuse de la rendre folle. Il a toujours aimé jouer avec le feu, et si on pense au couteau dans *Plein Soleil*...

— C'était de lui, ou dans le bouquin, l'idée du couteau ?

— Je ne sais pas. Je me souviens juste du regard de Delon poignardant Maurice encore souriant, comme incertain de ce qui lui arrivait.

— En Autriche, dans ce chalet que tu avais loué à Saint Anton, je le vois encore allongé sur la luge des blessés, un peu à l'écart de nous, et tu m'avais dit : « On dirait le dernier plan de *Plein Soleil* ». Et, de fait, c'était bel et bien Maurice qui s'était pété la jambe en faisant du ski !

— Par notre faute, en plus ! On l'avait laissé tomber, parce qu'il n'arrivait pas à nous suivre.

— C'est toi qui as dit : « On le retrouvera ce soir au chalet » !

— Déjà que je t'attendais pas mal, toi, sur les pentes neigeueueueuses !

— Je prenais d'énormes risques pour te suivre.

— N'empêche : sur le voilier, il y avait un couteau.

— Ben oui.

— Quand on évoque la vieillesse, Paul ne supporte pas. Il dit : « Ah, ne parlons pas de ça ! Je t'en prie ! Ça me fait horreur ! »

Dans son lit étroit, Paul rigolait en faisant du gringue à l'infirmière, une jolie Antillaise à qui il plaisait bien.

Christian le sermonna :

— Maintenant, tu vas arrêter de jouer au con. On dit « Jamais deux sans trois ». Souviens-toi !

— Et que veux-tu que je fasse, mon grand ?

— Tu quittes ta femme avant qu'elle ne t'achève.

Paul tourna vers moi un regard innocent.

— Non mais, tu l'entends, ma fille ?

— Il n'a pas tort, Paul : tu n'es pas raisonnable.

— Raisonnable ! Tu l'épelles comment, ce mot-là ?

— Il ne changera jamais.

— Et vous deux ? Vous avez toujours été des êtres amoraux ! Vous oubliez que je suis père !

Je sais, il est encore tout petit, mais à quelques mois, il paraît que c'est normal !

Comme toujours, la mauvaise foi de Paul était irrésistible, mais il n'empêche : son histoire devenait dangereuse.

Je voyais briller dans ses yeux insolents le mépris pour son destin, quel qu'il fût.

— Mais enfin, comment as-tu fait ton compte pour que cette Suédoise sportive, pleine de santé, en arrive à te flanquer des coups de couteau ?

— Ne sous-estime pas mes talents ; tu me minimises toujours, ce qui est d'ailleurs très féminin.

— Ça te plaît tellement de te retrouver tous les trois mois avec l'idée qu'à quelques millimètres près...

— Précisément, ma petite chérie : c'est là que le jeu devient passionnant. Tout est dans ces quelques millimètres ! Mais les femmes ne comprennent rien. Vous n'avez aucun sens du prédéterminisme !

Il prit mon frère à témoin avec un clin d'œil complice. Ils adoraient me choquer par une misogynie trop affichée pour être sincère. Par contre, l'un comme l'autre appartenaient à cette génération qui avait du mépris pour ceux qui roulent à droite, qui ne jouent pas à marcher à reculons vers le vide d'un précipice, qui ne traversent pas les autoroutes les yeux fermés... Trop jeunes durant la guerre pour y avoir pris parti, ces vieux zazous aimaient le risque même et surtout s'il ne débouchait nulle part. C'était justement en cela que résidait, selon eux, la noblesse de leur démarche. Moi, j'étais plus jeune, et femme par-dessus le marché. Peu d'années nous séparaient, pourtant. Peu d'années, peu de centimètres... Et cela suffit pour changer la donne !

Dans le chalet à la Walt Disney, un refrain de Noël chanté par des enfants suédois retentit, achevant de saper le moral déjà chancelant de Paul.

Le petit, éveillé, s'assit dans son lit, les yeux éblouis par les lumières clignotantes du sapin.

Sa mère surgit de la cuisine avec un gigot bien saignant qu'elle déposa sur la table déjà recouverte d'une nappe immaculée. Elle fit craquer une allumette et alluma les deux bougies blanches ornées d'étoiles bleutées, plantées de part et d'autre de la table dans les chandeliers d'argent venant de sa grand-mère.

Paul s'apprêtait à découper la viande quand le téléphone sonna.

Immobilisés et comme statufiés, le mari et sa femme s'entre-regardèrent. Un mètre et des années-lumière les séparaient. Sur le répondeur, une chaude voix féminine aux accents séducteurs souhaitait un Joyeux Noël à Paul, même s'il était si loin, trop loin d'elle... Un rire moqueur, puis le déclic du téléphone qu'on raccroche quelque part sur cette planète, n'importe où, loin ou près.

Le temps semblait s'être pétrifié.

La boîte d'allumettes ne fit aucun bruit en chutant sur le sol.

En alerte, Paul restait immobile, attentif aux réactions de sa femme. Ça allait barder, et ce Noël qui s'annonçait mortellement ennuyeux allait, pour finir, se révéler plutôt marrant.

L'éclair de la lame du couteau de cuisine fut la dernière image que vit Paul. Tout bascula et l'étoile au sommet du sapin fila au ralenti dans un trou noir.

Le sang gicla sur la nappe qui se teinta d'un beau rouge.

Quelques gouttes constellèrent le couvre-lit rose de l'enfant.

La femme de Paul avait gardé à la main le couteau vermeil.

Paul ne remuait plus. Cette fois, la lame l'avait atteint en plein cœur.

Il ne connaîtrait jamais cette vieillesse qu'il redoutait tant.

C'était le premier Noël du petit.

Pas cette mère-là

Céleste n'avait jamais travaillé.

Elle n'en avait pas eu le besoin, n'en avait jamais ressenti l'envie.

Elle ne lisait pas.

Percevait vaguement la musique à la radio, dans sa voiture, sans jamais chercher une station précise.

En somme, inaccessible, elle s'ennuyait depuis toujours, mais cet état étant une habitude, elle ne s'en étonnait point.

Sa rencontre avec Manuel, avocat d'affaires, fut une parenthèse radieuse dans sa vie.

Lui, tomba d'emblée amoureux de cette jeune fille qui semblait toujours un peu ailleurs sans se rendre compte qu'elle n'était en fait nulle part.

Il l'épousa et ils partirent en voyage de noces en Inde.

Dès l'atterrissage à Delhi, sous l'effet de la douceur de l'air ou séduite par ces hommes, ces femmes et ces enfants qui répondaient à ses sou-

rires, Céleste prit la main de son époux tout neuf,
y déposa un baiser et la posa contre sa joue.

Jamais elle n'avait témoigné avec spontanéité
d'un tel geste de tendresse.

Heureux, il étreignit sa femme.

Le soir, après une journée de poussière d'or,
de saris chatoyants, de colliers de fleurs, ils se
perdirent dans le bazar.

La grâce des longs corps vêtus avec art de chiffons bariolés, les guirlandes d'ampoules roses,
mauves, bleues, ce mélange d'élégance et de paco-
tille, les odeurs alternées d'épices et de merde,
tout les enchantait et Céleste tournait souvent
vers son mari un regard reconnaissant.

Ils découvrirent le lac d'Udaipur qu'ils traversèrent au crépuscule pour regagner leur hôtel à
bord d'une large barque d'où ils entendaient les
coups réguliers des femmes lavant leur linge sur
les ghats.

Après leurs siestes amoureuses, Manuel aimait
pousser Céleste sur la balançoire de cuivre de leur
immense chambre. Des oiseaux d'un beau vert vif
picoraient sur la terrasse.

Au Mont Abu – le mont de la Sagesse –,
chaque soir les villageois se rendaient avec leurs
enfants au faîte de la montagne afin d'assister au
coucher du soleil. Il arrivait que le ciel fût couvert
et que le spectacle n'eût pas lieu, ce qui ne per-
turbait personne : les familles repartaient, pai-

sibles, les petits courant pour rire devant les grands.

Manuel et Céleste évoluaient dans un univers de songeries jusque-là inconnu d'eux.

Parfois ils passaient la nuit dans des palais de maharadjahs aux baignoires rouillées. Des domestiques vêtus de blanc dormaient en travers de leur porte afin de les protéger des serpents. Dans une immense salle à manger, ils dînaient en écoutant sur un phono remonté à la manivelle *Le plus beau de tous les tangos du monde*, et le maître des lieux, passionné de TGV, leur faisait faire un tour du village où les paysans se prosternaient à sa vue. Dans un palais plus modeste, à l'écart, se mourait la vieille maharanée, persuadée que les Anglais étaient encore là.

Ils débarquèrent enfin à Bénarès. Dans l'odeur entêtante des fleurs qui se putréfiaient au fil de la journée, au son des chants accompagnés des tablas que l'on entendait par des haut-parleurs disposés dans toute la ville, des yogis aux regards exorbités observaient une immobilité totale dans leurs postures sacrées.

Dès le premier jour, il y eut cette bicyclette qui passa paisiblement devant eux : posé en travers de la barre, un linceul blanc d'où dépassaient des mains et des pieds qui ballaient avec régularité.

Ce linceul ne fut pas le seul de la journée. Il y en eut beaucoup d'autres. Ceux des femmes étaient rouges.

Quand ils sentent leur mort arriver, nombre d'Hindous prennent congé de leurs proches et partent, un bâton à la main, sur les chemins de Varanasi – autre nom de Bénarès ; morts, ils seront immergés dans le Gange afin de rompre le cycle des réincarnations et ne plus jamais reprendre vie sous une autre forme.

Sur le chemin des ghats où avaient lieu les crémations, un homme pesait sur une balance des fagots : petits pour les enfants, plus grands pour les adultes.

Manuel surprit le regard immobile de Céleste. Il lui prit la main et l'entraîna plus loin. Des bambins aux yeux cernés de khôl jouaient autour des linceuls posés çà et là, en attente.

Une famille encerclait un bûcher couronné de fumée. Des chiens aboyaient, excités par l'odeur des chairs grillées.

Manuel ne cessait d'observer sa femme. Depuis leur descente d'avion, il était surpris de constater à quel point elle était curieuse de tout, et réalisait que beaucoup de choses en elle lui étaient jusque-là demeurées inconnues.

À elle aussi, en fait ; mais cela, il l'ignorait.

Elle se tourna vers lui, voulut le rejoindre, s'en trouva empêchée par la mort qui la cernait de toutes parts. Manuel la prit aux épaules et la guida vers la sortie, heureux de constater combien sa femme avait besoin de lui.

Ils marchaient dans les rues étroites quand une femme venue de nulle part surgit soudain devant Céleste et lui déposa dans les bras un bébé très maigre. Céleste resta stupéfiée, trop abasourdie pour réagir. Elle serrait sans s'en rendre bien compte l'enfant contre elle.

Ce fut Manuel qui dut prendre le petit et le restituer à sa mère avec quelques roupies.

Cette nuit-là fut peut-être la plus rayonnante de leur vie à deux. Ils osèrent aller au bout des plus fous de leurs désirs secrets comme pour conjurer la mort.

Leur volupté fut extrême.

Manuel avait bien préparé leur voyage et leur destination finale fut Srinagar au Cachemire, où ils logèrent dans un *house boat* sur le lac Dal. Après la chaleur caniculaire, l'air de la montagne était vivifiant.

Au cours de promenades sur le lac sans fin aux jardins flottants, ils découvraient dans la brume matinale, construites sur les berges, des maisons de bois, souvent délabrées, aux toits en terrasse recouverts de fleurs.

Ils longeaient l'avenue aquatique à travers la ville où des foules colorées semblaient toujours se hâter vers un but précis.

Leur voyage prenait fin.

Ils furent tristes de quitter tant de magie.

Quand l'avion atterrit à Paris, le ciel gris pesa sur les épaules de Céleste.

Au contraire, Manuel ressentait déjà cette exaltation que l'on éprouve toujours à la seule idée de retrouver son travail, quand on l'aime.

Cela, Céleste ne connaissait pas.

Privée de leur rêve à deux, elle retrouva l'ennui.

Dès le premier soir, Manuel se sentit envahi de tendresse en la retrouvant si différente, affalée, le regard vide. Il comprit que de la journée elle n'avait pas bougé.

Durant le dîner, il lui fit observer que les voyages, il fallait pouvoir se les offrir. Il se sentait coupable et tentait de justifier sa passion pour son métier.

Elle se contenta de hocher la tête en signe d'assentiment. C'est du moins ainsi qu'il interpréta son geste.

Les soirs suivants furent identiques ; elle n'avait jamais rien à lui raconter et à son air absent, il comprenait qu'elle n'avait ni bougé, ni écouté de musique, ni vu personne... Rien.

Rien qu'une rêverie fumeuse où elle se perdait.

Il lui ramena des romans, des poèmes, des biographies... Et remarqua, le soir, qu'elle n'en avait pas ouvert un seul.

Il tenta les CD : musique classique, jazz, variétés.

Les plastiques ne furent jamais ôtés.

Céleste n'imaginait pas que littérature et musique pouvaient, au même titre que l'Inde, lui procurer la moindre extase.

Sur les conseils de son meilleur ami, Manuel revint un soir avec un nouveau cadeau : un ordinateur couleur acier, très beau.

Il lui apprit comment l'utiliser. Elle écouta, attentive.

Et oublia aussitôt le bel objet.

Cependant, un jour d'errance et de pluie ininterrompue, dans leur immense appartement sans joie ni couleurs, elle ouvrit seule l'ordinateur.

Elle suivit la visite guidée, s'amusa d'abord un peu, puis beaucoup, et enfin passionnément.

Le temps passa très vite ce jour-là.

Dès le lendemain, elle attendait sans le dire que Manuel s'en fût allé pour reprendre le voyage suspendu.

De ce moment, un monde nouveau s'offrit à Céleste. Peu à peu et sans même s'en apercevoir, elle y consacra la majorité de son temps. Elle découvrit une à une toutes les possibilités qu'Internet lui offrait.

Il fut surpris de retrouver désormais une femme bavarde, étalant un savoir tout neuf qui ressemblait fort à ces résumés appris par cœur à l'école et aussitôt oubliés, mais peu importe, songeait Manuel, du moment qu'elle s'amuse.

Pour sa part, s'il usait d'une machine identique au bureau, c'était uniquement pour son travail et il avait subodoré que Céleste s'en tiendrait aux jeux, un point c'est tout.

Il s'était trompé.

Elle découvrit, Léonard De Vinci, Botticelli, Rembrandt, Nicolas de Staël... Le couple vivait rue de Rivoli, en face du Louvre, pourtant il ne vint jamais l'idée à Céleste de sortir de chez elle, de traverser la rue et d'aller voir « en vrai », les trésors qui la ravissaient sur son écran.

Sans s'en rendre compte elle avait choisi Google pour maître à penser, pour gourou. Elle ne voyait, n'entendait qu'à travers cet univers-là.

Puis vint le temps où elle se dénicha de nouvelles relations dans tous les coins du monde, avec lesquelles elle échangeait des idées, parlait de ses espoirs et parfois s'amusait aussi à s'inventer des personnalités différentes : de l'adolescente craintive à la chanteuse rock ratée, de la femme avide de pouvoir à la mondaine frivole... Elle s'amusait beaucoup avec ses camarades sans visage (cela, elle y tenait), qui devinrent au fil des jours ses complices, ses amis, ses poteaux, tout cela sans la moindre ambiguïté.

Elle les préférait aux autres, ceux de sa vie d'avant, qu'elle avait toujours jugés encombrants.

Quand elle parlait avec son époux, il s'irritait de constater à quel point désormais sa femme était sous une influence inconnue de lui.

Il éprouva de la jalousie et ressentit envers cet objet qu'il lui avait offert une aversion qui se transforma en haine et grandit de jour en jour.

Quand il rentrait plus tôt qu'à l'heure prévue et qu'il voyait sa femme rivée à son ordinateur, il regrettait l'époque où, passive, elle contemplait sans les voir les arbres de la rue.

Céleste s'en aperçut et décida que ce serait plus commode pour eux deux de se cacher de lui. La journée, elle emporta son ordinateur dans une gare où elle pouvait le brancher. Penchée sur son écran, rien d'autre n'existait plus pour elle : ni les gens pressés de se rendre au travail, ni les adolescents traînards, ni les clodos. Et parfois, durant la nuit, quand elle ne parvenait pas à trouver le sommeil, elle allait rejoindre ses amis d'ailleurs.

Une nuit, Manuel s'éveilla seul dans leur lit, se leva et se dirigea vers le bureau de Céleste. Elle était en pleine conversation avec un étudiant japonais de Kyoto avec qui elle partageait une même passion pour les îles. Quand elle vit son mari, elle éteignit vite son ordinateur, comme prise en faute.

Troublé, Manuel retourna vers leur chambre.

Il lui fit l'amour avec sauvagerie, et constata avec amertume la docile indifférence de sa femme. Celle découverte une nuit à Bénarès avait cessé d'exister.

Arriva le jour si important dans la vie de Céleste où elle découvrit à la fois Mozart et l'opéra.

La Flûte enchantée marqua un tournant décisif dans sa vie.

Elle tremblait ivre de cet univers jusqu'alors inconnu d'elle et saisissait d'instinct le discours intérieur du livret. La musique avait le pouvoir de sauver l'humanité : renoncer au bien-être afin d'atteindre à la vraie liberté intérieure. Elle revivait l'exaltation qu'elle avait ressentie en Inde.

Quand elle entendit Pamina chanter : « *Plutôt mourir par cette lame que d'être distraite par la douleur de l'amour... Mère, à travers vous, je souffre* », une vie mystérieuse se manifesta soudain dans son ventre.

Elle posa sa main dessus et comprit qu'elle était enceinte.

Distraite, elle n'avait pas remarqué que, depuis un peu plus de deux mois, elle n'avait pas perdu de sang.

Quand son mari apprit la nouvelle, heureux à la double perspective de récupérer sa femme et de devenir père, il l'entraîna dans une course folle aux berceaux, aux brassières, aux nouvelles couches, aux lampes magiques, aux ours en peluche. Dans les magasins, les vendeuses s'étonnaient de voir cette future mère qui regardait d'un œil opaque ce père si attentif, lui, à l'enfant à venir.

Quand Céleste apprit que c'était un garçon, elle fut déconcertée de savoir dans son ventre un humain du sexe opposé. Elle éprouva pour lui un respect qu'elle n'avait encore jamais nourri à l'égard de personne.

Tout le temps qu'elle l'attendit, jamais elle n'eut la moindre nausée. Son ventre s'arrondissait et elle sentait parfois comme une réponse à ses caresses. Le fœtus se retournait et semblait ronronner quand elle écoutait *La Flûte enchantée*.

Un soir que Manuel pénétra dans la pièce où Céleste avait installé son ordinateur, elle s'empara de la main de son mari pour la poser sur son ventre. L'appel muet resta sans réponse. Elle en eut les larmes aux yeux.

— Il boude, il sent déjà qui va être sévère avec lui, plaisanta Manuel, touché par le geste de sa femme.

Elle n'eut pas besoin de péridurale pour accoucher.

Elle accompagna son enfant dans son voyage à travers ses entrailles, le sourire aux lèvres. La sage-femme fut vexée qu'elle ne suivît pas ses directives en matière de respiration, mais elle n'en avait apparemment aucun besoin.

On déposa le nouveau-né trempé sur son sein et elle se sentit aussitôt inondée d'un plaisir chaud qui ne devait plus la quitter.

Le nouveau-né ne pleurait pas. Il arborait un demi-sourire. Le gynécologue et la sage-femme échangèrent un regard surpris.

Manuel, qui s'était fait à l'idée qu'un bébé passait ses nuits à brailler, fut plus déconcerté que soulagé devant la sagesse de son fils. Cependant, il vit avec plaisir sa femme se détourner de son ordinateur qui se couvrit jour après jour d'une fine couche de poussière.

Elle était ensorcelée par son nouveau-né qui, de son côté, ne la lâchait pas du regard. Il n'accordait en revanche que de rares marques d'attention à son père qui attendait avec impatience qu'il grandisse et le reconnaisse enfin.

Leurs amis, qui au début s'étaient extasiés sur l'ineffable sagesse du nourrisson, étaient à leur tour devenus circonspects et se tenaient à distance.

Pourquoi chatouiller un enfant qui ne bronchait pas mais gardait rivés sur eux ses yeux verts, gênants par leur étrange fixité ?

L'heureuse maman ne s'aperçut pas qu'elle perdait peu à peu ses relations, puisque aussi bien elle n'avait jamais vraiment su ce qu'était l'amitié.

Elle vécut le bébé collé sur sa poitrine, soutenu par une large écharpe indienne achetée naguère à Srinagar et qu'elle nouait autour de ses épaules. Elle marchait ainsi des heures durant au bois de Boulogne, le visage de son enfant faisant face à la vie pour qu'il pût profiter du paysage.

Un matin, au bord du lac, alors qu'elle fredonnait « *L'amour anime toute notre vie, Toute la nature lui est vouée...* », elle entendit, comme un écho étouffé, un chant malhabile de bébé semblable au miaulement d'un chaton. Elle sut que le chant émanait de son fils, puisqu'ils étaient seuls avec les canards, le vent dans les arbres, quelques écureuils dans les frondaisons. Elle passa une main légère sur la joue de l'enfant.

De cela elle ne souffla mot à personne, pas même à Manuel qui commençait à souffrir de son isolement.

En effet, quoiqu'il grandît, Bruno, que sa mère appelait Tamino, ne communiquait avec personne d'autre qu'elle, et alors que Manuel, un jour, penché sur lui, tentait une fois de plus de capter son attention, le visage de l'enfant se mit à ressembler à celui de la déesse Shiva qu'ils avaient jadis contemplée ensemble dans les grottes d'Eléphanta, à Bombay : une partie faite de quiétude, l'autre d'implacabilité agressive.

Choqué, Manuel se détourna brusquement. Céleste se pencha sur le petit dont le sourire divin effaça aussitôt la cruauté.

Le visage retrouva son unité et les parents eurent la même réminiscence de leur visite à la déesse, mais une crainte sourde les empêcha de s'en parler.

L'enfant vola ainsi chaque jour un peu de la mère à son époux qui, s'il avait pu reprocher à Céleste son attachement à un ordinateur, ne pouvait la blâmer de se montrer maternelle.

Tamino grandit sans problèmes. Ses dents poussaient sans lui faire de mal. Il ne se traîna jamais par terre et marcha sans aide à huit mois.

C'était un matin d'hiver aux jardins des Tuileries ; le bébé quitta les jupes de sa mère et, d'un pas incertain, s'éloigna d'elle pour la première fois. Elle chassa la nostalgie qu'elle éprouvait en songeant au nouveau-né qui avait eu tant besoin d'elle pour aller d'un endroit à l'autre et qui ne pouvait se passer d'elle. Elle se souvint de ce que faisait la Reine de la Nuit à sa fille Pamina, chez Mozart, et du serment qu'elle s'était fait le jour où elle avait pour la première fois entendu *La Flûte enchantée* : de ne jamais être « cette mère-là. »

Au même instant, Tamino, l'air perdu, se tourna vers elle, bras tendus. Elle s'empara de lui, le serra contre elle, valsa avec son fils dans le jardin désert.

Quand le pédiatre décréta que l'enfant devait désormais être nourri de purées de légumes et de compotes, Céleste, qui vivait si intensément les moments de la tétée, en fut meurtrie, mais elle se soumit et sa consolation fut sa certitude d'être l'unique source de bonheur de Tamino.

Son mari ne songeait déjà plus à manifester sa propre exaspération.

Quand son fils atteignit l'âge scolaire, Manuel vit Céleste refuser avec la dernière énergie tout système pédagogique extérieur.

Elle lui montra les cahiers de l'enfant et il fut stupéfait de constater que celui-ci savait déjà lire, écrire et compter.

Elle n'y avait jamais fait allusion, jugeant que c'était son affaire, et il en éprouva une sourde révolte.

Décidément, sa femme lui plaisait de moins en moins. Distraite durant l'amour, elle n'éveillait plus jamais ses sens. Il se résigna aux étranges rapports entre la mère et leur fils, dont il était le témoin de plus en plus absent.

Il travailla davantage.

Elle emmena Tamino dans les musées. Au Louvre, l'enfant entraîna sa mère incompréhensive de Rembrandt à Raphaël et de Raphaël à Rembrandt. Lui, avait capté l'influence de l'un sur l'autre. Tout lui plaisait, tout était jeu pour lui : la géographie, l'histoire, les sciences naturelles... Pour ce qui est du latin et du grec, il apprit seul, sa mère n'en ayant jamais fait.

Un jour qu'il tomba par hasard sur un dossier de son père, il trouva la seule solution possible à un imbroglio pourtant difficile à dénouer, et l'exposa en termes clairs à Manuel qui se sentit humilié.

Tamino devint un bel adolescent dont la grâce instillait à sa mère un trouble diffus.

Le mari et père délaissé s'attacha à une jeune femme moins belle que la sienne, mais si présente qu'elle lui devint vite indispensable.

Honnête, il en fit part à Céleste qui l'écouta, impassible. Quand il lui demanda ce qu'elle ferait à sa place, elle répondit sans acrimonie : « Ma valise. »

Il fit donc ses bagages dans l'indifférence de sa femme et de son fils, leur assura une confortable mensualité, et s'en fut.

Céleste et son grand garçon s'épanouirent dans une solitude à deux qui les comblait.

Ils firent de longs voyages en automobile. Elle pouvait conduire vingt-quatre heures d'affilée, racontant de belles histoires à Tamino qui gardait le regard rivé au profil de sa mère, mais quand ils arrivaient à Vérone ou à Grenade, c'était lui qui évoquait le passé historique de la ville, et c'était à son tour à elle d'écouter.

Puis il y eut cette étape à Milan où Tamino se figea devant une affiche sur laquelle s'étalait le beau visage de l'interprète de Pamina dans *La Flûte enchantée* qu'on donnait le soir même à la Scala.

Céleste tenta de faire diversion en constatant la soudaine fascination de Tamino qui la tourmentait secrètement.

Mais elle ne résistait jamais longtemps à son fils et, à l'heure dite, ils pénétrèrent dans la belle salle tendue de rouge sombre.

Si elle connaissait par cœur l'opéra, jamais Céleste ne l'avait vu. Quand, à un moment donné, elle entendit : « *Mère, à travers vous, je souffre et votre malédiction me poursuit... »,* elle se tourna vers son fils pour partager l'émotion qu'elle éprouvait si fort.

Un trouble étrange s'empara d'elle en voyant une larme rouler sur la joue du jeune homme, subjugué par Pamina. Mon Dieu, déjà, si vite.

Pour la première fois, elle s'en voulut de l'avoir affublé d'un pareil surnom : Tamino. Ce choix avait décidé du destin de son fils. Il s'identifiait, bien sûr ! Elle en voulait pour preuve qu'il ne sentait même plus le regard maternel posé sur lui.

Seule, elle se sentit seule.

Elle fut prise de vertige, s'accrocha aux accoudoirs, s'appliqua à retrouver sa respiration.

Elle ne voyait, n'entendait plus rien.

Il y eut un tonnerre d'applaudissements.

Debout, son fils remerciait la diva en criant dans son italien parfait.

Il prit la main de sa mère et l'entraîna dans les couloirs menant aux loges. Il semblait connaître les lieux et, devant lui, toutes les portes s'ouvraient.

La doublure de la reine-mère les croisa en chantant pour elle seule, puisque elle n'avait jamais l'occasion de le faire en public : « *La vengeance infernale bat dans mon cœur...* ».

Céleste se détourna pour ne plus la voir.

Sans l'ombre d'une hésitation, Tamino ouvrit la porte de la loge de la cantatrice.

« C'est elle », lui murmura une voix intérieure.

Dans son miroir, la jeune femme découvrit le visage de Tamino resplendissant au milieu des autres admirateurs qu'elle ne discernait point.

Elle se tourna, se leva, murmura si bas que lui seul l'entendit :

— C'est lui.

Ils se regardaient, envoûtés l'un par l'autre.

Plus rien n'existait autour d'eux.

Céleste découvrait dans les yeux de son fils une expression qu'elle ne lui avait jamais vue.

Elle revit, fulgurant, le regard de Manuel lors de leur première rencontre.

« *L'amour adoucit toute épreuve...* »

Elle n'en eut pas moins envie de hurler.

Mais elle ne voulait pas être « cette mère-là ».

Tamino sentit à peine la légère caresse de la main de sa mère sur sa nuque. « *Tout être lui offre des sacrifices... C'est la vie, c'est la vie qui suit son cours magique...* », entendait Céleste, fuyant dans les couloirs labyrinthiques, puis dans le brouillard milanais.

À l'aéroport, elle alla droit au guichet d'Air India. Demanda un aller simple pour Delhi. S'allongea sur une banquette, la tête calée sur son sac, dans l'attente de l'heure du départ. Sombra dans un demi-sommeil, songeant à tout ce temps qu'il lui avait fallu pour se décider enfin à vivre par elle-même. Voir avec ses yeux à elle, non à travers ceux de Manuel, puis de Tamino.

Comme elle ne se connaissait pas encore, elle se sentait envahie d'un rayonnement encore lointain, mêlé à une peur avérée.

Une voix annonça l'embarquement du vol pour Delhi.

« *La victoire de la lumière sur les forces de la nuit...* »

Céleste se leva et, d'un pas léger, rejoignit les autres passagers.

La première passe

Le soir tombe. Dure journée pour Dany. Elle a répondu aux petites annonces, est allée se présenter partout. Elle s'est proposée comme vendeuse, femme de ménage, mais elle ne possède aucun certificat et n'a essuyé que des refus.

Si demain elle ne règle pas son loyer, elle sera à la rue.

SDF, ça lui fait peur.

Pas d'abri pour la nuit.

La misère, elle connaît ; l'errance, non.

Assise sur l'étroite couchette, la tête entre les mains, l'avenir lui fait l'effet d'une épaisse nappe de brouillard.

Elle s'en veut de s'être fait virer du magasin de chaussures ; au moins elle avait un fixe. Oui, mais un sale type, le patron, cherchait depuis le début à la coincer dans la réserve.

Elle l'a bien rembarré le jour où il lui a pris la main pour la poser sur sa braguette. En plus elle était molle, sa bite.

Et pas besoin non plus de se barrer de chez son père pour raison idem.

Elle s'est fait virer du magasin. Engagée au noir, le patron savait qu'elle ne pouvait rien contre lui.

Elle se voit couler.

Le visage dur, les mâchoires serrées, elle se lève.

Devant le morceau de miroir, elle ramasse ses cheveux, y plante un peigne. Quelques mèches échappées frisent naturellement sur le côté.

Elle prend un bâton de rouge à lèvres neuf.

Sa bouche est comme une plaie au milieu de son visage d'enfant.

Elle trouve une paire de ciseaux. Raccourcit à vue de nez son unique jupe. Ras la touffe.

Il faut que ça se voie, si elle veut faire pute.

Elle chausse pour la première fois les escarpins noirs à très hauts talons qu'elle a piqués là-bas.

Elle déboutonne le haut de son chemisier. Elle a de beaux seins. Autant leur faire envie, à cette bande de pauvres types incapables de se dénicher une gonzesse sans payer.

Manque d'habitude d'être si haut perchée, dans les escaliers elle manque de se casser la figure.

Elle s'éloigne du misérable logis où elle espérait ne pas moisir longtemps.

Désormais, c'est un luxe, ce trou à rats.

Mieux que la rue, en tout cas.

Elle s'applique à regarder les hommes droit dans les yeux.

Un la repère. S'approche :

— Suis-moi.

Ils passent devant un magasin éclairé. Le type l'examine de près, soudain méfiant :

— T'as quel âge ?

— Vingt ans.

— Menteuse. Tu cherches quoi ? Un qui détourne les mineures, pour le faire arrêter ? Salope !

Elle poursuit son chemin.

Pourquoi ses pas la ramènent-ils justement dans la rue du magasin de chaussures à l'heure – elle le sait – de la fermeture ?

Le patron ne tarde pas à sortir.

Abaisse le rideau de fer.

Elle pense : Au moins, lui, je le connais.

Il la voit, s'arrête et comprend. Il relève à demi son rideau de fer. Lui fait signe d'entrer.

Elle se détourne et s'enfuit.

Elle pénètre dans un bar à putes.

Au bar, une femme dont le maquillage outrancier accentue les ravages de l'âge, boudinée dans un corsage qui écrase ses seins lourds, fume, pensive.

Elle dévisage la jeune fille.

— T'es nouvelle ?

— Oui.

— T'es trop petite. Laisse tomber.

— J'ai pas le choix.

— À ton âge, si.

Un grand type lourd s'approche, fixe la gamine.

— Combien ?

— Deux cents, énonce pour elle la vieille au bar.

— Toi, ta gueule ! J'te cause pas.

— Deux cent cinquante, fait la petite.

— T'apprends vite, hein ? Suis-moi.

Dans les escaliers, ça sent la pisse, le vomi.

La jeune fille subit la crasse, les mains lourdes qui s'abattent sur elle.

Elle ferme les yeux, se dit que ça n'est pas elle qui est là. Pendant que l'autre la bascule sur le lit, elle pense à la rivière où elle aimait se baigner, toute petite.

Dans la rue, penchée en avant, elle vomit contre un mur.

Une passante fait un pas de côté, l'insulte.

Elle s'en fiche bien.

Dans sa poche, l'argent du loyer.

Les honnêtes gens

Il n'est rien de pire que les honnêtes gens.
Jules RENARD.

Jeanne tendit à son mari la sacoche où elle avait rangé les sous-vêtements propres :

— Tiens, cette fois, il n'y a plus rien à manger. Nulle part.

René la regarda, humble, misérable :

— C'est pour toi que je suis venu, Jeanne.

Elle se balançait d'un pied sur l'autre ; sa robe de rayonne à pois moulait sa poitrine ; elle relevait le menton, pleine d'un insolent mépris. Elle dit :

— Je t'ai rien demandé.

— Je ne sais pas quand je reviendrai.

— Pas grave.

— Tu dis ça... Tu m'en veux ?

— De quoi ?

— De m'être engagé dans la Résistance, pardi !

— « Engagé dans la Résistance » ! Pour les grandes phrases ronflantes, vous êtes doués, vous,

les hommes ! Et pourquoi je t'en voudrais,
d'abord ?

— De dormir seule, la nuit.

— Je dors enfin tranquille, sans la trouille de
me réveiller victime d'un viol, tu veux dire !

— Entre mari et femme, ça n'est pas du viol.

— Et tu appelles ça comment, toi, quand la
mariée n'a que du dégoût pour un type qu'elle
a pas choisi ?

— Ton père a agi pour ton bien.

— Tu parles d'une affaire ! Forcer sa fille à
partager l'intimité d'un homme qui lui sort par
les narines, et qui, par-dessus le marché, la mène
à la ruine ! Il est où, le château, mon héritage,
tu veux me le dire ? Et ma dot ? Oh, je sais, tu
les as même pas volés ! Tu t'es fait avoir. C'est
pire !

— Pourquoi tu n'aimes pas les hommes ?

— Rassure-toi, les filles me plaisent pas non
plus. Sinon, crois-moi que je serais allée voir comment ça se passe !

Elle l'avait toujours choqué, pourtant il n'en
pouvait plus de désir. Toutes ces nuits à rêver
d'elle toute nue contre lui. Elle lui avait toujours
refusé ce privilège. Il devait, sous les draps, dans
le noir, relever la chemise de nuit de sa femme
pour lui permettre – avait-elle déclaré sans
ambages – d'« accomplir son forfait ».

Débordé par son envie d'elle, il avança une
main et chercha à lui emprisonner un sein. Elle

lui balança une claque sèche en reculant d'un bond. Il en était malade du poids tendre, un peu lourd, du sein de Jeanne. Il songea à l'assommer afin de se satisfaire quand un bruit de voiture, tout près, dans sa rue, suivi d'un coup de frein, l'alerta. Rapide, Jeanne avait ouvert la fenêtre de la cuisine donnant sur le potager, à l'arrière de la maison. Des bottes faisaient crisser le gravier de l'allée. René enjamba la barre d'appui de la fenêtre, attrapa la sacoche que lui tendait sa femme, et disparut dans la nuit froide.

Les Gentillet, couple qui habitait la maison jouxtant celle de Jeanne, eurent une belle pétoche en voyant la voiture officielle se garer tout près de chez eux, à l'instant précis où ils remisaient dans la cabane à outils les jambons, le beurre salé, le saucisson sec, le fromage cuit, bref, tout ce qui permettait d'alimenter leur marché noir. Le temps d'éteindre leur lampe de poche et de se blottir l'un contre l'autre entre leurs caisses et cageots remplis de victuailles, tremblant de tous leurs membres, ils maudissaient à voix basse leur voisine, pas même du coin. Elle ne leur avait jamais plu, avec ses airs de s'en croire.

Des coups retentirent à la porte d'entrée. Jeanne referma la fenêtre et alla ouvrir sans se presser aux soldats italiens qui occupaient Sospel depuis un mois.

Ils la bousculèrent pour se précipiter à l'intérieur et inspecter les lieux. Personne.

Le chef regarda Jeanne d'un air suspicieux.

— Il est où, *el marito* ?

Elle eut un rire de gorge et le parler arrogant.

— Ça, vous savez ! Les *maritos* français, ils sont pareils que les *maritos* italiens. On sait pas toujours où ils sont !

Furieux de la désinvolture de Jeanne, le jeune chef se sentit bafoué dans son honneur devant ses soldats et donna l'ordre de l'embarquer.

Les Gentillet n'avaient pas bougé et virent la porte de chez Jeanne se rouvrir. Derrière leurs volets entrebâillés, les autres voisins qui avaient entendu l'arrivée en trombe de la voiture, après l'heure du couvre-feu, assistèrent eux aussi au départ de Jeanne, la démarche toujours aussi fière, et pensèrent qu'elle ne l'avait pas volé.

C'est qu'elle était différente d'eux, et ça, pour les honnêtes gens, il n'y a rien de pire.

À l'arrière de la voiture, serrée dans son manteau de tweed, elle grelottait.

Ils s'arrêtèrent devant le grand hôtel sur la façade duquel flottait le drapeau italien.

Elle pénétra dans le hall, droite, le front haut, déconcertant par sa démarche souveraine les soldats qui l'encadraient, comme indifférente à tout ce qui l'entourait et à ce qui pouvait lui arriver.

On la poussa vers un groupe de Français parqués là depuis des heures. Ils avaient tenté de franchir la frontière proche et le passeur les avait donnés.

Une femme en manteau marron foncé trop grand pour elle serrait sa fillette contre elle. Un vieillard à l'air égaré regardait autour de lui sans comprendre. Une grosse paysanne aux joues rouges maugréait dans son coin. Un jeune homme au teint blafard semblait pétrifié.

Seule Jeanne n'avait pas peur. Son arrestation l'intriguait. Elle s'ennuyait tant qu'elle était dans l'état d'esprit de quelqu'un qui vit enfin une aventure.

L'idée d'être retenue en otage, expédiée derrière les barreaux ou même fusillée ne lui effleurait pas l'esprit. Elle avait l'inconscience de ceux qui, au cœur d'un conflit, ne se sentent pas tenus de prendre parti. Aussi, d'instinct, fit-elle un pas de côté pour bien signifier qu'elle ne faisait pas partie de ce groupe terrorisé.

Son geste n'échappa pas au beau lieutenant italien qui traversait le hall. Elle leva les yeux vers lui et le fixa sans ciller cependant que, sans ralentir le pas, il murmurait quelque chose au soldat qui l'escortait.

Sans que rien ne l'eût laissé attendre, ordre fut soudain donné au groupe de Français de sortir et de monter dans le camion garé juste devant l'hôtel. Les uns obéirent d'un air résigné, d'autres demandèrent où on les emmenait comme ça en pleine nuit.

Jeanne suivit la femme au manteau marron foncé. Au bas du perron, celle-ci poussa d'un

coup la fillette aux grands yeux sombres, qui prit
aussitôt la fuite. Jeanne comprit et, sans même
réfléchir, se tourna pour retenir à deux mains le
soldat qui tentait de se lancer à la poursuite de
l'enfant. Furieux, l'homme la repoussa rudement,
mais il était déjà trop tard : la nuit semblait avoir
avalé la petite.

La mère eut le temps d'adresser à Jeanne un
regard de reconnaissance. Elle reçut un coup de
poing du soldat ulcéré, trébucha sous le choc,
puis se redressa. Poussée vers le camion, elle y
monta, rayonnante, comme libérée.

Jeanne s'apprêtait à y monter à son tour quand
une main ferme l'arrêta. Surprise, elle dévisagea
le soldat qui lui intima l'ordre de le suivre.

La mère regarda Jeanne s'éloigner. Ses lèvres
semblaient murmurer une prière.

Quand Jeanne atteignit le haut des marches,
elle entendit le camion démarrer et se retourna.
Le nuage de poussière soulevé par le véhicule
rendait la scène presque irréelle.

Dans le bureau, le calorifère répandait une chaleur bienfaisante.

Le lieutenant regardait Jeanne, déconcerté
par son attitude. Elle semblait en visite.

Il ouvrit son étui à cigarettes et lui en offrit
une. Elle accepta et attendit, sereine, qu'il lui
donnât du feu.

Quand, le lendemain, Jeanne fut de retour chez elle, les voisins l'observèrent derrière leurs volets à demi fermées.

Un mari résistant, ça, dans le coin, on préférait l'ignorer : moins on en sait... Mais sur sa femme arrêtée en pleine nuit, les commentaires allaient bon train. Qu'au surplus elle revienne à bord d'une voiture arborant un petit drapeau italien, le chauffeur lui ouvrant la portière et Madame regagnant ses pénates la tête haute, voilà qui ne pouvait manquer de choquer les honnêtes gens. Ils n'étaient pas mécontents d'avoir enfin une bonne raison de médire de cette voisine qui osait clamer à voix haute qu'elle n'aimait pas son imbécile de mari, qu'elle n'avait d'ailleurs pas choisi. Elle gênait. Elle offusquait. On estimait que, la belle affaire, elle n'était pas la première à avoir eu un mariage « arrangé », et alors ?

Quand le lieutenant italien s'installa chez Jeanne, ils lui tournèrent carrément le dos, ce dont elle se fichait éperdument.

Avec Paolo elle découvrit la jouissance, l'attirance pour la peau, l'odeur, le sexe de l'autre. Nageant en pleine extase, elle ne songeait pas un seul instant au jour où il devrait partir.

Ça n'était pas dans son caractère.

Ses nuits étaient devenues heureuses.

Un matin, elle découvrit, cachée dans le cabanon du potager, la fillette qui s'était échappée de la Kommandantur. Transie, amaigrie, l'enfant faisait peine à voir. Jeanne la prit dans ses bras et la ramena chez elle. Elle fit comme elle aurait fait avec un chaton perdu : elle lui donna le boire et le manger, la soigna. Quand elle s'enquit de savoir si elle avait de la famille en ville, la petite expliqua qu'elle était venue de Paris avec sa mère. Elle raconta le jour où, rue des Rosiers, les Allemands avaient hurlé en frappant à la porte d'entrée. Chacun avait sa cachette, et l'ordre était de n'en pas bouger. Par la fente de son placard, la petite avait vu les Allemands débusquer son père, puis son frère.

Quand sa mère était rentrée à la maison, elle n'avait donc trouvé que Rachel (qui, désormais, répondait au nom de Mariette), toute tremblante, laquelle n'avait pas bougé de sa planque.

Quand elle racontait, les yeux de la petite dévoraient son visage.

Jeanne la garda chez elle à l'abri du regard des autres. Elle avait compris que l'enfant était juive, et ce qu'elle risquait. Habituée depuis le début de la guerre à se cacher, Rachel obéit sans discuter. Jamais elle ne passait devant les fenêtres, sauf la nuit, quand tout était éteint.

Mis au courant, le jeune lieutenant avait approuvé l'attitude de sa maîtresse.

La nuit, ils rêvaient à leur avenir. Il emmènerait Jeanne chez lui, la présenterait à sa famille.

Depuis le lit de camp installé pour elle dans la pièce voisine, Rachel entendait parfois la voix suave du Napolitain chanter des airs dans une langue inconnue pleine de sourires.

« *Son un pove...Une povero desertoooore, qui a passata la su la sua frontieeera, et Ferninando l'impe, l'imperatoore me fara persecuitaare...* »

L'enfant s'endormait rassurée. Cette maison la protégeait.

Elle demandait parfois quand sa mère allait revenir.

Jeanne et le lieutenant lui faisaient la même réponse : bientôt. C'était un peu vague, mais la petite s'en contentait.

Après l'amour, après les chansons, Jeanne écoutait son amant échafauder leur avenir comme une belle histoire qui n'aurait jamais lieu, mais cela, elle ne le lui disait pas.

Si elle ne perdait rien de sa lucidité, la fraîcheur du bel Italien la faisait se sentir jeune fille.

Elle vécut pleinement cet amour durant la fin de l'hiver et tout au long de la belle saison.

Mais arriva le sale matin où Paolo dut lui faire ses adieux. Dans le camion qu'il devait prendre pour rentrer au pays, il n'y avait pas de place pour l'amour.

Ils prirent rendez-vous pour la fin de la guerre, à l'hôtel San Carlo, face à l'Opéra du même nom, à Naples.

Pas question pour le lieutenant de renoncer à son rêve. Jeanne promit. Désormais, elle aussi y croyait.

Le départ de Paolo enchanta les voisins, toujours sur le qui-vive. Ils attendirent le retour du mari de Jeanne avec autant d'impatience que la fin de la guerre.

Jeanne se retrouva seule avec Rachel.

Elles s'entendaient bien.

Une nuit, la petite, qui avait cauchemardé, rejoignit Jeanne dans le grand lit. C'est ainsi qu'elles prirent l'habitude de dormir ensemble. Elles se réchauffaient, car le charbon était rare. Elles se racontaient aussi plein d'histoires, et Jeanne avait beau objecter qu'il fallait dormir, elles riaient si bien ensemble que la petite en oubliait la guerre et ses noirceurs.

Le débarquement eut lieu.

Jeanne envoya à la mère de Rachel, au 3, rue des Rosiers, une longue lettre à laquelle la petite joignit un dessin et des petits mots d'amour.

Puis il y eut ce jour de déchaînement bestial où les Gentillet et autres braves voisins débarquèrent en force chez Jeanne. Par la lucarne du grenier, Rachel vit sa protectrice traînée, insultée, assise de force sur une chaise, dehors, devant la maison.

Le cœur de l'enfant battait la chamade. À travers ses larmes, elle vit des hommes à l'air mauvais arracher la blouse de Jeanne. Les beaux seins

fermes excitèrent la rage des femmes qui lui cra-
chèrent au visage. Jeanne restait, les yeux rivés
au loin. La femme Gentillet ôta d'un geste ven-
geur les peignes qui retenaient le chignon de la
pécheresse. Somptueuse, la chevelure auburn
dégringola sur les épaules nues.

La tondeuse à la main, Gentillet commença sa
sale besogne sous les hourras du groupe de jus-
ticiers dont le nombre ne cessait de grandir.
Beaucoup avaient le bras ceint d'un brassard de
FFI flambant neuf.

Les mèches tombaient sur le sol.

La petite foule déversait des tombereaux
d'insultes sur celle qui avait frayé avec l'ennemi.

Quand elle fut tondue, le mercurochrome
dégoulina en croix gammée sur le crâne rasé.

Justice enfin rendue, les Gentillet et d'autres
posèrent pour la photo, bras croisés, l'air faraud,
de part et d'autre de la réprouvée.

La poitrine toujours dénudée, ils la firent monter sur une charrette tirée par des bœufs.

Pétrifiée, Rachel la vit disparaître au coin de
la rue, poursuivie par la foule déchaînée.

Quand, à la nuit tombée, Jeanne rentra chez
elle, elle trouva la petite perdue dans le grand lit,
le visage gonflé de larmes.

Sans un mot, elle ouvrit ses bras à l'enfant.

Elle la berça en caressant ses cheveux châtain
qu'elle n'avait pas eu le temps de natter, le matin
même.

Elles n'attendirent pas le lever du jour pour partir à pied sur la route de montagne en direction de la frontière italienne.

Jeanne avait eu le réflexe de se confectionner un turban pour dissimuler son crâne nu d'où elle n'était pas parvenue à gommer la croix de la honte.

Elle tenait la petite par une main et, de l'autre, portait la valise où elle avait entreposé ce qu'elle avait de plus précieux.

Elle n'avait pas laissé de lettre pour son mari.

Les voisins se feraient un plaisir de conter son infortune au malheureux.

Pas un instant la femme et l'enfant n'écoutèrent leur fatigue durant leur interminable voyage à destination de Naples.

La frontière passée nuitamment par des sentiers de montagne, elles réussirent à prendre un train bondé pour Rome où elles voyagèrent côte à côte, dans le couloir. Rachel dormit debout, appuyée contre Jeanne qui gardait précieusement sa valise entre ses pieds.

Enfin ce fut la *Stazione Termini*. Rome. Jeanne vendit dans une bijouterie le collier de perles qui lui venait de sa mère. Elles purent aller manger une pizza et prirent une chambre dans un hôtel convenable où elles se lavèrent des pieds à la tête et dormirent vingt-quatre heures d'affilée.

Elles retournèrent à la gare où elles attendirent deux jours et trois nuits avant de pouvoir monter dans un train en partance pour Naples.

Dans la moiteur du compartiment, Jeanne, qui avait réussi à trouver une place assise, prit la petite sur ses genoux, la valise calée sous ses pieds. La chaleur les faisait suffoquer et la fringale leur tenaillait l'estomac.

Elles arrivèrent exténuées à Naples. Il était tard, tout semblait clos et elles dormirent dans une salle d'attente bondée, appuyées contre la valise.

Dès l'aube, main dans la main, elles se rendirent à pied à l'hôtel San Carlo.

Il n'y avait pas de message pour Jeanne.

La chambre n'était pas bon marché, mais elle ne se souciait pas du lendemain.

Toutes deux se lavèrent à nouveau à fond avant de se laisser tomber dans le grand lit matrimonial.

Après un long sommeil réparateur, ragaillardies, elles sortirent en quête d'un endroit où manger.

Il n'y avait toujours pas de message.

En haut du perron où se réverbérait le soleil, Jeanne aperçut soudain la silhouette de Paolo. Son cœur fit un bond dans sa poitrine. Tout en criant son nom, elle courut vers lui.

L'homme se retourna.

Ce n'était pas son amant, et Jeanne se figea sur place.

Des larmes qu'elle ne put contenir lui inondèrent le visage.

Pour la première fois depuis leur départ, elle vit leur avenir en noir.

Paolo ne viendrait pas.

Elle se trouvait dans un pays dont elle ignorait presque la langue et où elle ne connaissait personne.

La vague de découragement qui la submergea la fit chanceler, quand elle entendit la voix de l'enfant chanter :

« *Son un pove un povero desertooore...!* »

La main menue s'était glissée dans la sienne.

Rachel la regardait avec une confiance inébranlable et ce regard rendit à Jeanne son bel optimisme.

Paolo l'aimait.

Demain, il serait là.

Jeanne joignit sa voix à celle de Rachel.

Main dans la main, la femme et la fillette traversèrent en chantant la place donnant sur la baie de Naples embrasée de soleil.

Le petit lac de la Tranquillité

En souriant Anka ramassa, abandonnée sur la pelouse, la poupée blonde et rose de sa fille. Elle adorait le désordre de la petite.

Plus loin, elle découvrit le panier rempli de boîtes de médicaments vides, jouet favori que l'enfant traînait partout avec elle.

Avant de franchir le pas de la porte, elle s'arrêta.

C'était la pleine lune et un léger brouillard flottait sur les hauteurs. Dans le lointain, des petites lumières scintillaient, annonçant le village le plus proche.

Anka se rappelait le bourg de son enfance. Bayreuth n'était pas loin et, chaque année, sa mère l'emmenait au festival Wagner. Elle se souvenait des sièges durs, inconfortables. Sourds, comme lointains au début, les accords des violons sous la chape de béton l'envoûtaient et elle partait dans un rêve éveillé.

Elle imagina sa mère qui, comme elle, à cette heure, devait fermer la maison.

Elle franchit le seuil et alla déposer sans bruit les jouets dans la chambre de la petite qui dormait d'un profond sommeil. Ses longs cheveux lui cachaient le visage, excepté sa bouche entrouverte. Il va falloir l'opérer des végétations, songea Anka.

La voix de Pierre, son mari, qui l'appelait, la ramena à une réalité qu'elle souhaitait fuir.

Elle savait ce qu'il attendait d'elle.

Ils se tenaient tous trois sur le palier devant la chambre, et Anka constata que Pierre et Mathilde se regardaient avec un désir qu'ils ne songeaient même plus à dissimuler.

Les adieux s'éternisaient exprès.

Anka ne voulait pas jouer à ces jeux-là.

Elle souhaita bonne nuit à Mathilde de sa voix la plus naturelle.

La chambre des invités était située dans l'autre maison.

Excédé, Pierre haussa les épaules avec une exaspération manifestement dirigée contre sa femme.

Après un long regard ardent à l'adresse de Pierre, comme une invite à le rejoindre, Mathilde se résigna à s'éloigner.

Dès qu'ils furent seuls dans leur chambre, Anka referma la porte, et, en une demi-minute, ôta sa jupe, son long pull, ses espadrilles. Elle était déjà au lit quand Pierre, arpentant l'espace exigu de la chambre, entama son réquisitoire :

— Tu n'es qu'une petite bourgeoise coincée, incapable de la moindre folie...

Du fond du lit elle répliqua :

— C'est ça, tes folies ?

De son côté, Mathilde fumait nerveusement une dernière cigarette, les yeux rivés sur la porte de sa chambre.

Impossible que Pierre ne vienne pas la rejoindre, depuis le temps qu'elle en avait envie !

Et l'idée de dévergonder par la même occasion Anka, qui lui plaisait, n'était pas pour la choquer. Au reste, elle n'avait pas fait tout ce chemin pour passer la nuit seule ! Elle détestait la campagne.

Elle écrasa sa cigarette, se releva et, d'un bond, alla à la porte, qu'elle ouvrit.

La lumière de la chambre de Pierre et Anka s'éteignit à cet instant précis.

Mathilde claqua la porte avec rage.

Anka s'était détournée, la tête sous le drap.

À ses côtés, Pierre lança :

— Je sais que tu ne dors pas.

Elle ne répondit pas.

Quand elle perçut le souffle devenu régulier de son mari assoupi, Anka, qui ne parvenait pas à trouver le sommeil, se leva sans bruit.

Elle trouva son long pull sur le sol, le passa et se dirigea à tâtons dans le noir jusqu'à la chambre de sa fille.

Elle se faufila dans le lit en prenant contre elle le corps doux et tiède de la petite.

Un rayon de lune glissait par les stries des persiennes.

Anka se délecta de l'odeur de l'enfant, faite encore de petit lait et d'une légère suée.

Et elle sentit l'angoisse relâcher son étreinte auprès de son petit lac de la Tranquillité.

Une étrange peine

Ils quittaient la Nouvelle-Orléans dans la voiture de location pilotée par son mari.

Elle avait revu cette ville où elle était venue jadis avec sa fille. Ç'avait été un beau voyage. Elles allaient partout où leurs pas les conduisaient, découvraient des rues nouvelles, se désaltéraient dans des cafés, parlaient amour, chiffons, projets. Elles riaient ensemble de leur même ardeur à ne jamais réfléchir en amour. À le vivre pleinement. En voyage, elles retrouvaient une commune insouciance.

Un dimanche, elles étaient allées à la messe dans une église des quartiers noirs. Une femme à l'air affable leur avait demandé leurs noms et d'où elles venaient. En chaire, le prêtre, avant d'attaquer son sermon, avait déclaré qu'ils avaient la joie d'accueillir parmi eux deux Françaises, il avait énoncé leurs prénoms, puis ajouté : *from Paris*. Elles avaient échangé un sourire complice tant cela faisait courtisanes... Les Noirs qui les entouraient les avaient embrassées. C'était bon de sentir ces femmes chaudes, parfois un peu grosses, les presser contre leurs amples poitrines. Elles avaient rendu les accolades, les baisers. Que de bienveillance : pourquoi n'en était-il pas toujours ainsi ? Après le sermon, des chanteurs vêtus d'aubes blanches apparurent et longèrent les allées en chantant des gospels. Elles avaient frappé des mains à l'unisson des autres. Eux ne pouvaient pas se tromper de rythme, alors autant les imiter. Après la messe, sur le parvis, elles avaient partagé leur nourriture, debout autour d'une grande table sous les chênes moussus.

Il quitta l'autoroute et s'engagea sur un large chemin menant à la forêt. Ils avaient décidé de faire un tour dans les bayous.

À l'unique boutique du hameau, on trouvait à peu près de tout, dans le désordre de celui qui entasse de plus en plus pour satisfaire aux besoins les plus divers : cannes à pêche, conserves de haricots, couteaux de toutes tailles, café, sucre, sous-vêtements, bière, lait en poudre, alcool, fil et aiguilles, couvertures... On pouvait demander à peu près n'importe quoi. Le patron, un vieux black, offrit au couple français une tasse de ce café clair, imbuvable, que l'on boit aux États-Unis. Il aimait bien avoir de la visite, ça lui plaisait de bavarder, surtout avec des étrangers ; il y en avait si peu à passer dans ce coin perdu de Louisiane. Il sortit en claudiquant pour leur indiquer la cabane de l'homme qui guidait parfois les rares touristes dans les bayous.

Devant la construction de bois et de zinc, dès qu'il vit le couple approcher, un chien pelé aboya en tirant sur sa laisse. Au bout d'un instant, un homme sec et sans âge sortit en caleçon et chemise usée, son assiette de soupe à la main.

Il accepta la promenade, disparut derrière la porte branlante et revint vêtu d'un jean effrangé, une machette à la main.

Il pilotait sa vieille barque à moteur au long des méandres du fleuve dont il n'ignorait rien. Le couple devinait des bribes de paysage à travers les effilochures de brume qui planaient alentour. Des branches émergeaient, annonçant les rives parfois plus proches qu'ils ne l'avaient supposé. Ils étaient surpris par le nombre de bayous qui se croisaient, composant un réseau inextricable. Certains étaient si étroits que les branches des arbres des deux berges se rejoignaient, formant un sombre tunnel où flottait une brume évanescente. Dans ceux-là l'homme paraissait conduire plus vite qu'à l'ordinaire.

Le batelier choisit une anse mousseuse où aborder. Sortant du feuillage touffu, un bel oiseau surgit, plana au-dessus de l'eau, puis se perdit parmi les frondaisons.

Ils mirent pied à terre.

L'homme les devança, sa machette à la main, dégageant un sentier dans l'enchevêtrement végé-

tal. Parfois il désignait une plante en leur recom-
mandant surtout de ne pas la toucher. Le couple
échangeait des regards complices. Ils avaient la
même impression de se promener dans un film
de jungle, mais tourné à Hollywood, tant ce décor
était parfait avec ses branchages entremêlés, ses
arbres suintants, ses entrelacs de lianes à la Tar-
zan.

Depuis le début de leur voyage, lui guettait les
réactions de sa femme. Sentant ce regard posé sur
elle, chaque fois elle lui souriait.

Elle se voulait légère mais savait bien, au fond
d'elle-même, qu'à lui, rien d'elle jamais ne pouvait échapper.

Le soir, dans la chambre de bois, il s'endormit,
sa femme entre ses bras. Elle sentit bientôt les
prémices d'une de ces crises que son médecin
disait « de panique », et elle s'appliqua à respirer
lentement, avec régularité.

Sécheresse de la bouche. Je n'ai plus de salive.
Je tente de déglutir, dans la hantise de ce qui
m'attend. Une raideur sournoise gagne mes jambes,
mes mains sont de glace. Elles cessent d'être
miennes.

Avec douceur elle se dégagea des bras de son
époux et, sans bruit, tendit le bras et prit le verre
d'eau qu'elle avait préparé sur la table de chevet,
quand, après avoir dîné et dansé dans l'immense
restaurant aux nappes à carreaux rouges, en com-

pagnie des paysans du coin, ils étaient rentrés à travers prés, dans la tiédeur du crépuscule.

Elle porta le verre à ses lèvres, mais impossible d'avaler : l'eau lui dégoulina le long du menton. *Sale impression d'être une bête.* Elle essuya le bas de son visage, trempa un doigt dans l'eau, le porta à sa bouche, le suça.

Elle savait déjà qu'elle ne pourrait rien pour endiguer l'abominable processus déjà en marche. Elle se leva et, les pieds nus sur le plancher, alla à tâtons vers la douche, écarta le rideau de plastique, trouva le commutateur et alluma en tournant son regard vers le lit. L'éclairage chiche diffusé par l'ampoule nue au-dessus du lavabo ne réveilla pas le dormeur. Elle s'accroupit près de la petite valise rouge, ouvrit la mince fermeture éclair. Sa main tâtonna à la recherche des calmants, saisit une enveloppe oubliée là, la tira à elle.

C'était une enveloppe de papier kraft. Elle reconnut aussitôt l'écriture et lut : « POUR *oit.* BONNE FÊTE, MAMAN », et, en minuscules, juste au-dessous : *« À ouvrir demain ou pendant ton voyage »*. Sa fille lui glissait souvent des mots dans ses poches, dans son sac, à trouver plus tard. Une carte glissa sur le sol, qu'elle ramassa. Des galons de soie verte avaient été collés avec soin tout autour, et au centre un mignon bouquet de marguerites mauves encerclé par

« *Bonne fête, maman* ». Impression que son cœur allait exploser

Elle ne pouvait détacher les yeux de cet ultime cadeau. Elle se demanda un court instant pourquoi sa fille avait écrit sur l'enveloppe « *À ouvrir demain ou pendant ton voyage...* » Si, bien sûr : elle faisait allusion au voyage précédent !

Ses mains malhabiles rangèrent le tout dans la valise rouge. Elle trouva alors le Lysanxia, préleva deux pilules, remit en hâte la plaquette à sa place pour échapper à la tentation d'en prendre davantage, puis se redressa.

Elle trouva un sac de papier glissé dans sa trousse de toilette, éteignit et se dirigea vers la petite porte qu'elle ouvrit sans bruit.

Il faisait humide et chaud.

Sous ses pieds, le bois mouillé. Entre les planches disjointes, elle perçut l'eau sombre du bayou au-dessus duquel était aménagée la terrasse. Elle renversa la tête en arrière et plaça les pilules bleues le plus loin possible au fond de sa gorge.

Je me fonds dans la brume. Celle des marais se mêle à celle de mon cerveau. Je ne te verrai plus jamais ? Mensonge ! Impossible. Ma beauté faite de mystère et de bonté, je voudrais toucher ta main tiède. Sentir le creux de ton bras. La vie n'est plus que manque. Tout est devenu chaos. La souffrance a élu domicile dans mon ventre, elle s'étale. J'étais

*née avec, il ne fallait pas la réveiller. Énorme et
rouge, un visage sans regard flotte dans la nuit.
Pour lui échapper, je m'accroche à ce halo lointain,
bien réel, lui, même s'il est faiblard et semble trem-
bloter dans la bruine, là-bas, sur la route qui longe
le bayou, probablement celui d'un réverbère. Il ne
faut surtout pas que mon œil le perde de vue, sa
matérialité me protège, il m'aide à demeurer qui
je suis.*

*Mais les images intolérables s'imposent, telle-
ment plus fortes que moi : ta terreur dans la salle
de bains, tes deux mains sur tes oreilles pour ne
plus entendre les cris, les coups qui martèlent ta
porte... Tes fils, tes petits, eux seuls comptent. Il
faut te sauver. Vite ! Fuir les cris, les coups. Tu
calcules le temps qu'il te faut pour te ruer vers la
sortie et tu ouvres d'un coup, tu cherches à bondir,
à atteindre au plus vite la porte d'entrée. Mais il
bloque ton vol vers la vie. Tu tentes de résister,
arc-boutée sur ta frayeur, mais déjà ses mains
armées de bagues se rejoignent autour de ton cou
blanc. Tu veux les écarter, respirer encore. Sans cesser ses beuglements il te secoue avec rudesse contre
le chambranle, à droite, à gauche, ta tête cogne,
encore et encore. Il l'a raconté avec ces détails-là
devant les juges. Il savait qu'il ne pouvait plus
mentir. Les preuves étaient sur toi.*

*Il t'a frappée en plein visage. Comme pour t'effa-
cer. Les coups sourds t'étourdissent. Une aveu-
glante blancheur t'environne, tu ne sais plus où tu*

es, ce ne peut être toi qui vis ce cauchemar-là, tes jambes qu'il cogne avec ses pieds faiblissent et ploient sous toi.

Quatorze coups, selon l'autopsie française.

Dix-sept, selon la lithuanienne.

Combien de temps avant de sombrer dans ton coma profond ? Ta mort inique advenue avant l'heure de par une main tueuse. L'instant de terreur où tu as senti que tu t'éloignais de toi-même, de ta vie, de tes enfants, ta chair la plus précieuse. L'ombre s'est emparée de toi. Il t'a jetée sur le canapé d'où, inerte, tu as glissé à même le sol.

Quelles ont été tes dernières images, mon amour, avant de sombrer dans cette nuit sans lune ? Toi si jeune, si vivante, si belle, rêve anéanti...

Tu es sur le sol, abandonnée. On pourrait te sauver encore, mais l'effaceur de vie, de joie, d'innocence, ne va pas chercher du secours.

Ah, qu'il soit damné celui qui a osé lever la main sur ta fragilité ! Qu'ils soient tous damnés, ceux qui osent profiter de leur force physique pour massacrer celles qu'ils prétendent aimer ! Un sourire trompeur aux lèvres, ils ont cherché à éloigner d'elles les plus proches, les plus aimants, les plus aimés, donc aussi les plus dangereux pour eux.

Ils savent d'expérience que toujours ou presque, un moment vient où les femmes isolées, lasses des nuits sans sommeil, des nuits à vouloir rassurer, des nuits sans fin à rendre des comptes, lasses, infi-

niment, sentent que la force brute qui brime, mal-
traite, châtie, la force de celui qui a réduit à néant
ce qu'elles croyaient être de l'amour, mais qui
n'était qu'empressement à leur voler leur élan vital,
a remporté le combat. Trop épuisées pour poursuivre cette lutte inégale, elles abandonnent. Elles
ont perdu l'entendement. Elles pensaient être
aimées, ignorant que le besoin de possession était
la vraie motivation de leur bourreau.

Montaigne dit : « C'est le jouir, non le posséder
qui rend heureux. » Mais les cogneurs cognent, les
saccageurs saccagent, les tueurs tuent.

En aimant, nous savons tous devenir vulné-
rables. L'amour peut avoir une fin, la souffrance
de l'abandon est toujours possible, ou, pis encore,
l'accident, la maladie, la perte définitive de celui
ou celle qu'on aime. On le connaît, ce risque, on
le prend, mais est-il normal de se dire qu'en aimant
on prend aussi celui de perdre la vie des mains
mêmes de qui s'est offert à la partager ?

Le bois est humide sous elle. Elle ne sent ni
ses mains ni ses pieds. Sur le bayou, une branche
morte oscille mollement. Elle la regarde comme
sa fille l'aurait regardée, et la branche morte se
fait sculpture vivante.

Cela lui arrivait parfois. Elle s'échappait d'elle-
même et, pour une seconde, voire plusieurs
minutes, devenait son enfant qui était en elle, et
tout alors devenait différent : la pluie frappant les

vitres ; un vélo posé contre un mur ; une petite rue paisible à Paris ou ailleurs... Plus rien, pour un temps impossible à évaluer, n'appartenait à sa propre vision. Cet état bizarre arrivait comme ça, sans prévenir. Peut-être l'amorce d'une forme de folie ? Elle aimait bien ces instants. Échappés au temps, ils étaient du bonheur déjà devenu ancien.

Parfois, tu sais, c'est étrange, je vois avec ton regard, je pense ce que tu penserais, ou du moins je le crois, car qui peut jurer de quoi ? qui connaît qui ? Même si mon besoin le plus aigu est de rejoindre l'injoignable, suis-je davantage dans ta vie en te laissant m'envahir sans que j'y songe, puis en l'acceptant comme un doux refuge ? Toi, plus jeune, plus ardente peut-être que je ne le fus jamais. Ma petite fille, j'aspire en vain à ta présence, ne serait-ce qu'une précieuse minute, minute impossible à saisir, ô mon amour que je perds sans cesse...

J'aimais la caresse passagère de ta main sur mon avant-bras, c'est par son absence que je la sens aujourd'hui, elle paraissait si naturelle que je n'y prêtais guère attention. L'être humain, même une mère avec son enfant, ne comprend l'essentiel que quand il est révolu. On rassemble des bouts épars, puzzle sans cesse dispersé, impossible à jamais réunir, on égare des pièces, on oublie leur bon ordre, comment les encastrer les unes dans les autres sans se tromper ? Elles sont disséminées aux quatre vents qui ne les emportent pas mais les ramènent, les rabattent sous forme de projectiles. Elles ont mille dimensions différentes. Ces puzzles-là sont comme les engins d'où sortent mille billes de métal qui s'incrustent dans les chairs des enfants bombardés.

Notre ignorance est sans bornes : qu'est-ce donc que la mort ? La nôtre, nous ne la vivrons qu'un infime instant, un jour elle nous emportera et nous en aurons fini avec elle.

Ce sont les autres qui vivront notre absence.

La tienne est à jamais lovée en moi.

Il y avait de ces crises de panique aiguë qui, comme des ouragans, ravageaient tout sur leur passage. Après quoi se dressaient sur un ciel sombre les ruines désolées de ce qui fut.

Le mince scalpel étincelant, guidé par une main experte, entame son travail juste au-dessous du cou, puis descend le long de la poitrine immaculée.

Poitrine de jeune femme aux formes encore adolescentes.

Du sang rouge doit-il couler, ou bien est-ce creusé trop profond ?

Le scalpel coupe ma fille en deux.

Avec obstination, elle cherchait à retrouver ce chemin de traverse, le chemin heureux de sa vie d'avant, mais, sur la terrasse de ce chalet en bois, ses larmes coulent toutes seules, elles n'ont besoin de personne, pas même d'elle.

Aide-moi, je me perds ! Nos âmes se sont-elles rencontrées, l'espace d'un instant, comme il nous est arrivé d'en avoir l'impression éphémère à travers un rire ou un chagrin partagés ? Comment savoir ? comment savoir si l'âme est unie d'une quelconque façon à notre chair ? Tout paraît si précaire : tu as été un bout de moi, en moi, quand je te faisais, et en cette minute j'ai la sensation d'avoir gardé, quand tu es partie, cette part de toi censée ne plus appartenir qu'à toi seule.
Et si, en cette minute, j'étais, moi, dans ta mort, et toi, dans ce qu'il me reste de vie ?

En vain elle tenta d'allonger son souffle. Il fallait se battre, ne pas se laisser entraîner. On nage à contre-courant, sans trop le savoir, on est encore là pour un long ou court moment, qu'est-ce que ça peut foutre ? Être là et dans le même temps flotter dans des régions de non-vie, zones enténébrées, striées de cris, d'appels comminatoires.

Elle ne fut plus que manque et absence.

« Ô Dieu l'étrange peine... »
C'était quoi, après ?
Celui qui l'a écrit l'a vécu, lui aussi a dû connaître ce rond-point du néant.

Ce qu'il faut c'est en sortir, trouver l'issue, s'appliquer à remettre ses pas dans le chemin de traverse, ce « petit chemin qui sent la violette », à moins que ce ne soit les noisettes, hein, maman, c'était dans ta chanson, jadis, durant la guerre, je crois... Ce chemin-là je l'avais trouvé sans même le chercher, mais pourquoi s'égare-t-on à ce point ?

Respirer longuement, encore et encore : c'est la base de toute vie. Le Lysanxia va m'aider à recouvrer ma respiration... Je dansais, tout à l'heure, mais c'était quand ? Quand donc la vie reprendra-t-elle le dessus sans plus jamais se briser ? La vraie vie, sans ce poids qui coince le cœur ?

La lune est cachée par la brume, peut-être est-elle pleine et est-ce la cause de cette insomnie ? Mais je suis toujours à la recherche d'excuses minables, dérisoires. Dérisoires, les enfants, ne le sont jamais. Quand perd-on cela aussi ? Quand perd-on l'innocence ?

À partir de quel moment nos pas se dirigent-ils là où il ne faudrait jamais aller ?

Sans qu'on le sache, nos lendemains sont déjà en nous, ils nous tourmentent à force de chercher leur juste place, avant d'exploser comme la gifle assénée par une main hideuse armée de bagues.

Je ne veux pas de ça, je veux l'avant, le quand tu étais là !

Mais ne rêvons pas, ne rêvons plus, puisque il faut ensuite se réveiller et que reste le jamais-plus.

Retrouver les bras chauds de son époux, de cet homme qui savait si bien l'aimer, tellement même qu'elle se demandait, oui, se demandait... mais ne se répondait jamais.

Il dormait là, tout près. Elle tenta de se relever. Puis renonça.

« Ô Dieu l'étrange peine... »

Ah oui, bien sûr, « peine » rime avec « Chimène », et c'est Rodrigue qui parle dans ses stances : « Ô Dieu l'étrange peine, Allons, s'il faut mourir, mourons puisque aussi bien il faut perdre Chimène... » J'aimais tant Racine qu'aveuglée, persuadée qu'il fallait n'en retenir qu'un, je délaissais Corneille, et je découvre aujourd'hui combien lui aussi a rôdé dans cette pourriture, ce cul-de-sac de merde, ce trou qui nous nargue, nous guette, nous attend, qui sait qu'on va irrémédiablement finir par lui tomber dedans.

La morve d'un enfant est plus précieuse que le lait maternel, elle est neuve. Le lait ne durera pas, pas assez, jamais assez, il faut passer à celui en poudre, renoncer au secret bonheur de donner à boire de soi à qui on aime.

Le lait monte, monte. Le lait coule comme le sang, parfois le sang ne cesse plus de couler, il ne coagule pas, le temps de coagulation de votre fille est trop

*long, disaient-ils à ma mère, c'est une « fausse hémo-
phile », une mauvaise pioche, quoi, à jeter à la poubelle avec les regrets, les rebuts, la culpabilité
accrochée à elle comme un singe au cocotier.*

« Sois sage ô ma douleur et tiens-toi plus tranquille... » *Comment ai-je pu, moi, ta mère, prêter
si peu d'attention à de tels mots ? Aux mots que
tu avais le courage d'écrire, toi, mon petit fantôme
plus vif qu'un papillon d'été ?*

Elle attrapa le sac en papier et se traîna presque
à plat ventre jusqu'au bord de la terrasse, prit
appui sur ses cuisses et réussit à balancer ses
jambes au-dessus du bayou. Peut-être allaient-
elles perdre ainsi de leur rigidité ?

Penchée en avant, plus bestiale qu'humaine, elle
aspira, coinça sa bouche dans l'ouverture du sac,
s'appliqua à expirer. Grotesque, une femme tente
de gonfler un sac en papier dans la nuit. Mais son
souffle, trop court, s'interrompt, ses doigts raidis
lâchent le misérable aéronef qui s'envole tout seul
et va se noyer dans l'eau du bayou.

*Mes mains sont sans vie. Des râles inhumains
sortent de ma gorge, des rots de bête malade. La
paralysie gagne mes jambes que je ramasse pour
les poser à nouveau sur le sol. Elles martèlent le
bois hors de ma volonté. On dirait deux branches
d'un arbre foudroyé. Mon corps a cessé d'être le
mien. Je tombe à la renverse. Au-dessus de moi,*

le néant masque les étoiles. La raideur gagne mes bras, je pense que si elle parvient jusqu'à mon cœur, il cessera de battre. Ton image me transperce, néon intermittent. Toutes les larmes d'une rivière d'airain, océan de chagrin, le barrage est rompu, la vague foudroyante me submerge. Je halète, ma raison me fuit. Les mots « Plus Jamais Toi » me martèlent le cerveau.

Comment y croire ?

Elle roula sur elle-même pour tenter de redonner un peu de vie à ses membres inertes, puis renonça, épuisée. Seules ses jambes continuaient de temps à autre, raides, indépendantes, à battre le plancher.

Cette nuit-là, votre chemin passait devant l'hôtel où je dormais. Dans un songe fou que je m'invente sans répit, voulant recréer un passé jamais vécu – mais je ne suis plus à ça près –, je me vois bondir hors du lit. Sauf que ça, je ne l'ai pas fait puisque je n'ai rien su déchiffrer, rien senti. Puisque, assommée par les somnifères, je dormais sans comprendre dans quoi tu te débattais. Mais, dans ma reconstitution de ce qui n'a pas été, je suis réveillée et je t'entends qui as besoin de moi. Forcément, c'est le fameux instinct maternel dont on a tant parlé... Je m'habille en deux temps trois mouvements, je descends au moment précis où vous passez devant mon hôtel, je te demande de venir

dormir avec moi parce que, cette nuit, je suis vrai-
ment trop angoissée. Je le remercie, lui, de te laisser
pour une fois auprès de moi. Dans ma chambre,
on se couche dans le grand lit. Je ferme à clé. Peut-
être que tu me racontes, et, dans ce cas, je réveille
Patrick, le directeur de production, pour qu'il sache
le cauchemar qu'est devenu, à mon insu, ta vie, et
qu'il puisse ainsi te protéger.

Ta mort n'aura pas lieu.

Sauf que cette séquence-là n'a jamais été. À cha-
cun son désert, n'est-ce pas ?

Vous êtes passés devant mon hôtel qui était sur
votre chemin, et moi, moi, je dormais. Je voulais
récupérer.

Récupérer quoi, mon Dieu ?

Et ta mort a eu lieu.

Ses jambes se sont arrêtées de taper sur le bois
mouillé. Un oiseau se pose sans un cri sur la
balustrade de la terrasse. Il reste là sans bouger,
statue nocturne figée pour un temps qui semble
ne jamais devoir finir. Combien d'oiseaux de nuit
dans ces marais silencieux ? Dans un cri de
nouveau-né, il reprend son vol et disparaît dans
la brume.

Le regard juvénile de son fils vint soudain éclai-
rer sa nuit. « *Tu as raison*, lui murmura-t-elle. *Il*
faut juste tenir. »

Elle se traîna vers la porte de bois. Dans un ultime effort, elle se hissa sur le lit. Là, ses forces la lâchèrent d'un coup, et, sans même s'en rendre compte, elle se prit à gémir. Réveillé en sursaut, son mari alluma et la vit glisser dans un abandon qui semblait sans retour. Il la saisit aux épaules, hurla son nom, eu le temps de penser qu'ici, dans ce chalet perdu au fin fond de la Louisiane, il ne connaissait personne, et hurla plus fort. Depuis les limbes où elle voguait, elle se demanda pourquoi il criait ainsi son nom. Elle rouvrit les yeux, les referma vite, préférant le noir, mais lui clamait à présent qu'il fallait à tout prix les garder ouverts, qu'elle ne devait pas cesser de le regarder. Elle obéit sans comprendre pourquoi. Sans comprendre non plus pourquoi il continuait à crier si fort... L'envie de glisser... glisser... Mais elle obéit et revint peu à peu dans ce chalet, ce lit inconnu, ce monde désormais sans sa fille.

Son mari la prend contre lui avec douceur et, même si elle se sent dorénavant disjointe, coupée en deux, cette douceur-là, elle le sent, lui redonne vie, même si elle sait que plus rien jamais ne sera pareil.

Table

Nadine Trintignant
dans Le Livre de Poche

Ma fille, Marie   n° 30150

Je t'aime, ma fille chérie. Je t'aime à jamais. Peut-être
parviendrai-je un jour à ne plus être obsédée par les
horribles images de la fin de ta vie. J'arriverai à penser à
toi avec douceur, et à te sourire. Peut-être. Je ne suis sûre
de rien.

Composition réalisée par NORD COMPO

Achevé d'imprimer en novembre 2011 en France par
CPI BRODARD ET TAUPIN
La Flèche (Sarthe)
N° d'impression : 65950
Dépôt légal 1ʳᵉ publication : décembre 2011
LIBRAIRIE GÉNÉRALE FRANÇAISE
31, rue de Fleurus – 75278 Paris Cedex 06